文学如何成为知识？

文学批评、文学研究与文学教育

陈国球 著

生活·讀書·新知 三联书店

图书在版编目（CIP）数据

文学如何成为知识？：文学批评、文学研究与文学教育 / 陈国球著 .— 北京：生活 · 读书 · 新知三联书店，2013.5
ISBN 978-7-108-04343-6

Ⅰ . ①文… Ⅱ . ①陈… Ⅲ . ①文学研究 Ⅳ . ① I0

中国版本图书馆 CIP 数据核字 (2012) 第 280491 号

责任编辑 曾 诚
装帧设计 康 健
责任印制 徐 方
出版发行 生活 · 讀書 · 新知 三联书店
(北京市东城区美术馆东街 22 号)
邮 编 100010
经 销 新华书店
网 址 www.sdxjpc.com
印 刷 北京隆昌伟业印刷有限公司
版 次 2013 年 5 月北京第 1 版
2013 年 5 月北京第 1 次印刷
开 本 635 毫米 × 965 毫米 1/16 印张 8.5
字 数 106 千字
印 数 0,001 – 5,000 册
定 价 28.00 元
(印装查询：01064002715；邮购查询：01084010542)

目　录

前　言 1

文学如何成为知识?

——文学批评、文学研究与文学教育 1

一　文学讲座教授讲座 1

二　“文”之为“学”? 4

三　文学立科 7

四　文学专业 14

五　文学教育 26

附:英国文学教授就职讲座题目 33

文学立科

——《京师大学堂章程》与“文学” 36

一　前言 36

二　“词章不能谓之学”——“文学”的边缘化 37

三　“大学堂设文学专科”:“文学研究”渐见规模 51

四　结语 76

“文学科学”与“文学批评”

——普实克与夏志清的“文学史”辩论 78

一　普夏二人的争辩 78

二　“文学科学”与“文学的过程” 85
三　“文学史”即“文学批评” 90
四　建构“伟大的传统” 95
五　结论 99

附录：文学的力量
——陈国球教授访谈录　张晖 101

参考书目 120

前　言

“文学”在现代社会有其非常独特的存在模式。它游移于不同的空间，而不同的社群各自有其参与的途径。它可能以一种“感觉”、“品味”、“素养”的形式存在于日常生活中；也可以是一门知识，在学校教育中占上一个或轻或重的据点。现今社会重实效、重产出，文学往往被人轻视，然而教育体制内似乎总会留给文学一个席位。究竟，“文学”如何进入现代学术体制？何以成为一门知识？都是值得探讨的问题。

2009 年我受聘香港教育学院任中国文学讲座教授，2010 年 4 月以“文学如何成为知识？”为题作就职演讲。香港的大学制度，主要承袭英国学统，以学科为基础，设讲座教授之职；教授就职演说（Inaugural Lecture），一般会就该学科之景况作出省察或者前瞻，思考学科发展的各种可能或者可以承担的文化或社会责任，作为履任后所领导之学术路向的说明，并刊刻成册以存证。有心人若能汇集某一学科在不同时段的就职演词，详参细析，大抵可以考见该学科在不同环境中如何演化开新，以至相关学术航道上的顺流、逆流。

当然，在现今社会中，“传统”应该成为挑战的对象，不少人乐见“成制”之崩坏。近时香港的大学学风，多元并举，“就职讲座”亦在有无之间；若有讲论，已无关切宏旨之必要。无论如何，我还是借此机会，就个人所投身的事业作一拷问，并尝试从比较宽广的历史视野，审视大学体制内文学研究的前世今生。

有关“文学”作为“学科”这个课题，我过去也曾溯其源头，查考中国的现代综合大学在起始阶段如何措置“文学”，写成《文学立科——〈京师大学堂章程〉与“文学”》一文，以京师大学堂先后三份章程为中心，探视传统“词章”之学与现代“文学研究”如何互相接引。这篇文章与我的就职演词颇相关涉，或者可以合而观之。据我的理解，“文学”的“知识化”与“学科化”，在现代中国的其中一种走向，或多或少受到20世纪初英国大学尤其剑桥学派所推重的“文学批评”之影响。这种盛行于上世纪中叶及以前英美文学系内的“文学批评”之风，又因为一次现代中国小说史的书写活动，与欧陆以“文学科学”为文学“知识化”定位的学风有直接的碰撞。先后在中国和美国接受英美文学训练的夏志清，其1961年出版的《现代中国小说史》引来捷克斯洛伐克汉学家普实克的猛烈批评。二人之间的激辩固然未脱当时的“冷战”思维，兼且内中难免有意气之争的成分；然而，他们的研究态度，以及各自倚仗的研究方法的长短优劣，也可以在这次论争中突显。《“文学科学”与“文学批评”——普实克与夏志清的“文学史”辩论》一文主要从“文学史学”的角度，剖析文学的英美“批评”研究与欧陆的“科学”研究之同归与异趣。这是以“文学”为“知识”的不同方案的实际操演，值得我们在21世纪的今天回眸与省思。

今夕何夕？如果没有历史的视野，我们或者不明白当下诸种状况之所从来，也无力思量明日之可能去向。“文学”，是否应该、或者能否继续，以“知识”的模式存在？其实是需要深思的问题。

文学如何成为知识？

——文学批评、文学研究与文学教育

一　文学讲座教授讲座

今天，我很荣幸在这里，香港教育学院主办的讲座教授公开讲座，向大家作学术报告。所谓“讲座教授讲座”，以我个人的理解，是源于英国大学教育中的“就职讲座”（Inaugural Lecture）。十三年前，我的指导老师陈炳良教授从香港大学移席，首任岭南大学中国文学讲座教授；其就职讲座题目是《“阅读”的五个层次》（1997年4月11日）。陈老师是香港学界最积极引进新批评、形式主义与“细读”理论以研究中国文学的前驱学者；他的讲题，既宣明了他的学风，也揭示出中国文学研究的一种现代路向。我猜想，讲座教授就职讲座的其中一项意义，如陈老师讲座的示范，是主讲人对自己投身的学科研究作出思考、诘问，既是对所学之虔敬，也是对本学科现况之切心关怀。

既然这个传统源自英国大学学制，在此我也依着这个方向，尝试追查英国大学的相应学科——英国文学——教授就职讲座的主题，窥探其间思虑与求索之所在。[1] 从20世纪回溯，我们看到作为大学学科的“英文”或者“英国文学”，一直需要学者为之作辩解、申明。众多讲题的重点主要有两个面向：一是指向文

[1] 有关英国大学讲座教授的就职讲题，可参见文末附录。

学的外缘意义，探讨在各种政治文化浪潮底下如何措置文学，如《世变中的英国文学》(1982)、《文学的用途》(1964)、《语言、文学、科学》(1958)；另一是申述文学的知识结构，思考文学在大学之内如何构成一个可供研究考查的学科，如《教授文学？》(1978)、《大学中的英文科》(1971)、《现代大学中英国文学的位置》(1913)。类似议题层出迭见，表明危机感常存于这些资深文学研究者的意识之中。

事实上，就以西方国家的历史看来，现代意义下的“文学”，在大学中或者其他现代教育体制中，并没有一个“自有永有”的位置。英国老牌大学如牛津、剑桥之开办英国文学课程，过程并不轻松；其立科要晚至19世纪末及20世纪初。据相关资料记载，当时积极鼓吹牛津大学设立文学课程是该校“经典学”的约翰·柯林斯(John Churton Collins, 1848—1908)。他到处奔走演说，宣扬英国文学可与希腊及拉丁经典并肩，又说课程可以培训出高水平的文学老师，让下一代可以在情感、伦理、思想上有所裨益等。他的努力促成了牛津大学在1885年设立“墨顿英国语言及文学讲座教授”席位，但首任人选却不是他，获聘的是“语文学”(Philology)[1]专家聂皮尔(Arthur Sampson Napier, 1853—1916)，因为大学声明此一讲座教授之职责为：“讲授英国语言及文学的历史与评论，以及核定的英国作家。”柯林斯之落选代表他的文学主张还是敌不过强大的“语言学”势力；1904年他终获聘任伯明翰大学“英国文学讲座教授”，只能稍减他的遗憾。在人文学科中，语言学的训练极为严谨，其学科知识的成分显而易见，较易在大学讲坛站稳；反而“以文学论文学”却屡受质疑。一直到1894年，牛津大学才正式成立“英国语言及文学荣誉课程”；1904年再另立“墨顿英国文学讲座教授”席，其首任为瑞阿雷(Walter Alexander

〔1〕“Philology”港台一般译作“语文学”，内地似未有统一译法；其学科内容下文第四节有交代。

Raleigh, 1861—1922)，一位诗人及批评家、浪漫主义研究者。至于剑桥大学首个“英皇爱德华七世英国文学讲座教授”职位则创于1910年，由一位希腊学专家维罗尔（A. W. Verrall, 1851—1912）担当；剑桥学制中正式脱离“语言学”影响的独立“英国文学课程”（English Tripos），更要到1917年才正式开始。牛、剑以外的新兴大学对英国文学开放稍早，例如1831年成立的伦敦大学英皇学院从创校开始就有文学选科，1835年创设“英国历史及文学讲座教授”，由戴尔（Thomas Dale, 1797—1870）首任该职。

有关英国文学的立科问题，研究的成果已相当多，尤其上世纪80年代以还，以伊格尔顿（Terry Eagleton）的《英文科的兴起》（《文学理论导论》，1983）为代表的意识形态论的解释最为通行，其论述根据则颇见于波狄克（Chris Baldick）的《英国文学批评的社会使命，1848—1932》（1983）；然而对这个主流论述模式不尽同意的著述，从博贡兹（Bernard Bergonzi）的《英文的爆发：批评、理论、文化》（1990）开始，亦在所多见；后者大抵认为前者的阶级分析以及其描画的历史航道太简约和直接。不过，前者所建立的若干论点仍然是相关讨论的基础。我们在此不必详述这些论辩，只想借鉴他们的讨论，思考“文学”和“文学教育”的一些普遍问题。例如：

（一）“文学”，或者“国家文学”，需要进入正规的教育体制之中吗？此中还可以再细问，是否不同学习阶段——比方说，中小学、校外课程，以至大学、研究院——有不同的要求？事实上，上文提到英国大学对“英文科”之迎拒不定，正值维多利亚时期（Victorian Period），此时当代文学作品之阅读盛在民间，中学以至大学校外课程、各种技术学院课程都常见文学科目，然而传统大学对这个学科却有重重顾虑。[1]

---

〔1〕 参考 T. W. Heyck, *The Transformation of Intellectual Life in Victorian England* (London: Croom Helm, 1982)。

（二）“文学”是否具有合乎现代学科标准的“知识量”，作为查考研习成果的根据？尤其“文学”与“语言学”相比较时，“文学”的“软性”素质常被指摘。当时的反对者往往提出这样的质疑：“文学”之高下判别，重在品味；但“品味”可以教授吗？可以考查吗？例如牛津大学的“钦定历史讲座教授”费尔曼（E. A. Freeman, 1884—1892）就认为学习英国文学只能“资闲谈”（mere gossip），不应纳入“知识体制”。

（三）“文学”于社会有何效用？国家社会有没有必要耗费资源于其上？如果“文学”的实体知识不足以营构物质世界，是否可以从心灵、情意的角度，甚而民族国家意识的角度，解说文学的存在意义？然而，若同意“文学”功在维系人心、端正风俗，换个角度看，政府推行“文学教育”是否代表统治阶层实施“御民之术”，其政治目标就是培育顺民？

以上是西方学界讨论“英国文学”及“英国文学教育”时的争论要点，似乎只属“外邦洋务”；我心所系在于中国文学，中西文化气候也不尽相同。不过，在面对现代化的进程时，无论中外，传统学术文化皆受冲击。现代中国的学术思维以至学科观念，其实已不得不追随西方的近代发展而重新调整以作适应。就如我们要讨论的“文学”，也是一个从现代出发的概念。这样看来，我们刚刚提到的英国文学境遇，也可供我们参照，以反思中国文学的学术位置或者教育意义。

二 “文”之为“学”？

我刚刚说，今天谈中国文学，其间“文学”的概念，只能从现代出发。当然，“我国数千年文化”当中自有“文学”，我们可以随便列举《诗经》、《楚辞》、唐诗、宋词、元曲，《三国》、《水浒》、《红楼》，佳作纷陈，毋庸上下求索。然而，这些文学史上的样品，正是从现代的“文学”视野观照而被归并为同一门类。我们只要比照《论语》所列孔门四科的“文学”一词，就可以见到古今之差异：

> 德行：颜渊、闵子骞、冉伯牛、仲弓。言语：宰我、子贡。政事：冉有、季路。文学：子游、子夏。

据皇侃《论语集解义疏》的解释：“文学，指博学古文”；[1]对今天的年轻学生来说，《论语》这个“文学”之义，可能比那源自近代西方的“文学”，更为遥远陌生。我刚才又问：“文学”究竟能不能构成一门“知识”？如果“文学”如《论语》之说，指经籍文献的学习与运用的话，这当然关涉“知识”领域。然而，我们还会依孔门四科中的“文学”定义去写“中国文学史”吗？现在大家心中的“文学”，如果要往传统的言说去搜寻，应是曹丕《典论·论文》所述的“文以气为主，气之清浊有体，不可力强而致”的“文”；是陆机《文赋》所谓“游文章之林府，嘉丽藻之彬彬”的“文章”；是萧绎《金楼子·立言》篇说的“吟咏风谣、流连哀思者，谓之文”的“文”；或者萧统《文选·序》所界定的“事出于沉思，义归乎翰藻”的“文”，《南史·文学传论》所定义的“文章者，盖情性之风标，神明之律吕”的“文章”。

细看这些六朝言说，我们会认同鲁迅《魏晋风度及文章与药及酒之关系》的讲法：魏晋开展了“文学的自觉时代”。又正如鲁迅所说，他是用“近代的文学眼光”看，才会有这样的判断。我们选取了这种“眼光”来观察这些“文”的定义，就会见到其

〔1〕 曾国藩《劝学篇示直隶士子》说：“辞章者，在孔门为言语之科，从古艺文及今世制义诗赋皆是也。”然而“辞章”并不包括今天我们认可的“小说”和“戏曲”。

间的重点在于追究一种人类文化活动的生成现象或者原理，说明语言形式——“文”、“翰藻”、“律吕”，与内心世界——“沉思”、“哀思”、“情性”，二者互动生发而构成各种式样的语言艺术。古今的视域，从而融合；我们的“文学史”，才有定向。若再要追问，这样定义下的“文学”的“知识”成色有几多，不是“刻舟求剑”、“胶柱鼓瑟”吗？

在这样定义下，可以究问的或许是制作文学作品的“文术”，如陶潜《责子》诗所讲的：“阿宣行志学，而不爱文术”，或者刘勰《文心雕龙·风骨》篇所说的“然文术多门，各适所好，明者弗授，学者弗师”。“文术”就是为文的技艺，可以由此建立名声身份，如刘邵《人物志·流业》篇说：“能属文著述，是谓文章，司马迁、班固是也。”沈约《宋书·谢灵运传》说：“相如工为形似之言，二班长于情理之说；子建、仲宣，以气质为体。并标能擅美，独映当时，是以一世之士，各相慕习。”锺嵘《诗品序》甚至说：“至若诗之为技，较尔可知。以类推之，殆均博弈。”干脆把“文学”（诗）等同“博弈”的玩耍游戏。无怪乎理学家如程颐，会认为“作文害道”，因为“玩物丧志”，而“文”亦玩物也；“文”不只不构成有用的“知识”，反而有害于世道人心。当然这可能是比较极端的讲法，但此说在中国传统文化环境中，并非罕见。

我在这里依从现代的“文学”概念，不分伦次地检视了许多古人的“文学”论述；又据今人的“知识”概念，以参详古人对“文学”的理解。事实上，所引录的言论，都是现今文学史册上的常见资料，甚至可以说文学的入门常识了。那么，我们有必要再向今日的听众——都是专家同道，学养丰富之士——重复吗？我的想法是，重提这些言论，并不断标记古今时差，有助于我们省思今天这些言论进入我们视野的过程，其实与这些言论在最初的语境——我们不必作太具体的状况的还原，而只就其大概作设想——有非常不一样的意涵。昔日，古人这些言论是因应当时的文化活动而下的一些判断；今天，到了我们在文学史课堂听讲，或阅读文学批评史著作应接这些话语时，它们已经成为学科知识的一些材料，供老师学生指点讨论；甚至成为“文学史”、“文学常识”的测验考题。当然，我不是说传统文人创作诗文以及相关的品诗论文活动已然消逝，可以说类似的活动直到今天不绝如缕。但由于社会结构古今不同，“文学”在今天的意义已和过去有别。从文学活动参与者的比例而言，阅读者应该比创作者多。至于读者群中，又可分专业评论者和纯粹观赏的受众两大类。业余的文学爱好者，闲来开卷，以消永昼，不需要什么规矩章程；对于专业读者——如果真的有所谓“专业”的话，则我们有权追问其专业内容是否有具体的“知识量”。于是我们又回到“文学”是否一门“知识”的问题。

三　文学立科

前面提及英国大学建立“文学”科的过程，正是“文学”转成“知识”之过程的一种体现。以此作参照，我们也可以认真考察中国文学进入学术以及正规教育体制的情况。在向“现代”转型的急切需要催逼下，中国第一所综合型大学——京师大学堂——如何建制立科是一个很好的观察点。年前我写过一篇《文学立科：〈京师大学堂章程〉与“文学”》作过讨论，我现在重新整理及补充相关材料，向大家报告。

京师大学堂创办阶段的章程共有三个：

（一）光绪二十四年（1898）的《筹议京师大学堂章程》

（二）光绪二十八年（1902）的《钦定京师大学堂章程》

（三）光绪二十九年（十一月，1904 年 1 月）的《奏定京师大学堂章程》

第一份章程的草议者是戊戌维新运动的主要人物之一梁启超，其宗旨是“中西并重，观其会通，无得偏废”。说来雍容大度，问题是如何落实而已。梁启超在这章程的第二章《学堂功课例》声明根据“西国学堂”的方式，把学习的课程分成“溥通学”和“专门学”两级，学生先以三年时间完成“溥通学”的十门功课：“经学”、“理学”、“中外掌故”、“诸子学”、“逐级算学”、“初级格致学”、“初级政治学”、“初级地理学”、“文学”、“体操学”；然后进修十门“专门学”的其中一门或两门：“高等算学”、“高等格致学”、“高等政治学”、“高等地理学”、“农学”、“矿学”、“工程学”、“商学”、“兵学”、“卫生学”。

课程安排虽由“经学”开其端，基本上还是以西学为主。“文学”列在“体操学”之前，作为“溥通学”之一，但却不入“专门学”。至于这“文学”的内容是什么？究竟是讲授有关文学的知识？还是指导文章写作？却没有进一步说明。我们可以参看梁启超在一年前（光绪二十三年，1897）写的《万木草堂小学学记》其中《学文》一则：

> 词章不能谓之学也。虽然，“言之无文，行之而不远”；说理论事，务求透达，亦当厝意。若夫骈俪之章，歌曲之作，以娱魂性，偶一为之，毋令溺志。西文西语，亦附此门。

“万木草堂”是梁启超追随康有为学习的书院，据梁启超《南海先生传》（光绪二十七年，1901）的追记，其“学科”分“义理之学”、“考据之学”、“经世之学”、“文字之学”四类，而每类各有统属。其中“文字之学”下赅“中国词章学”和“外国语言文字学”二门。对照康有为《长兴学记》所记的“学目”，“文字之学”作“词章之学”，没有再细分。大概在康、梁的认识中，“文字之学”、“词章学”的分野不是太明显。梁启超心中的“词章”究竟是否可称为“学”，也随议论所需而可以变化。上引文值得注意的有两点：

（一）“词章”作为万木草堂的课程项目，重点在于最终执笔为文的能力；

（二）此一能力又以“实用”为目的，并提醒学者少作“骈俪之章”、“歌曲之作”，以免沉溺丧志。

同年他又有《与林迪臣太守书》，信中对传统学问作出检讨，以为旧学中“考据”、“掌故”、“词章”三大宗，当以“掌故”最为实用：

> 其偏重于考据、词章者，则其变而维新也极难；其偏重于掌故者，则其变而维新也极易。……今日欲储人才，必以通习中国掌故之学，知其所以然之故，而参合之于西政，以求致用者为第一等。

由此例可推知《京师大学堂章程》所谓“会通中西”，其目标就在“致用”；处于当前时势，传统学术追求的“经世致用”，有需要借用西学来开展；传统学问需要经历整编选汰，重新排列一个足以配合“西学”的结构。这时期梁启超的立场既然如此，他设计的大学堂章程当然也不会重视不够实用的“文学”了。

《筹议京师大学堂章程》是戊戌维新的产物；在戊戌政变以后，慈禧太后重掌政权，新政尽废，只有京师大学堂的构设可以保存。光绪二十六年六月（1900 年 7 月）京师大学堂因义和团事停办。直到光绪二十七年十二月（1902 年 1 月）慈禧太后命张百熙负责京师大学堂的恢复工作，次年七月（1902 年 8 月）拟定新的《京师大学堂章程》和《考选入学章程》，以及为各省推行各级教育而设的《高等学堂章程》、《中学堂章程》、《小学堂章程》、《蒙学堂章程》，并获慈禧太后接纳，以“钦定”的名义颁行。这是近代中国“第一次以政府名义颁布规定的完整学制”，时称“壬寅学制”。光绪二十九年张之洞应命与张百熙、荣庆主持重订学堂章程，奏上《学务纲要》、《大学堂章程》，以至各级学堂、实业学堂、师范学堂、蒙养院及家庭教育等章程二十份，由慈禧太后批准颁行，称为“奏定章程”，并陆续推行，时称“癸卯学制”。

在这先后两个学制中，京师大学堂的基本架构相同：主体是“大学专门分科”(《钦定章程》)或者“分科大学”(《奏定章程》)，相当于现在的大学本科；其上是“学问极则，主研究不主讲授”的“大学院”(《钦定章程》)或者“通儒院”(《奏定章程》)，相当于现在的研究院；其下是“预备科”，就是现在的大学预科。本科课程中，《钦定章程》分列七科：政治科、文学科、格致科、农业科、工艺科、商务科、医术科，“科”之下有“目”；《奏定章程》的“分科大学”中增加了“经学科”，“政治科”改称“政法科”，合共八科，以下再分“门”。《钦定章程》中“文学科”下有七目：经学、史学、理学、诸子学、掌故学、词章学、外国语言文字学；除了最后一目“外国语言文字学”之外，几乎所有传统的中国学问都包括在内。不过，由于《钦定章程》的“大学分科”只列大纲，没有课程具体说明，“科”与“目”的规模并不清晰。相对来说《奏定章程》的“科”与“门”则有比较具体的说明，大抵“科”好比大学内的学院(faculty)课程，“门”相当于“系”(department)或者主修(major)；所谓“文学科”大概等同今天的“文学院”(Faculty of Arts)；其下的“门”有九：中国史学门、万国史学门、中外地理学门、中国文学门、英国文学门、法国文学门、俄国文学门、德国文学门、日本文学门；包括了中外文史和地理。至于今天文学院通常具备的“哲学”科则不在其内，其原因大概有二：一是“分科大学”另有“经学科”，包容了思想义理的“经学”、

“理学”、“诸子学”等；二是当时主政者对“泰西哲学”心存畏惧，以为会助长“民权”、“自由”等思想。

《钦定章程》中的“词章学”一目，在《奏定章程》中的对应是“中国文学门”。“词章学”的内容既不得其详，我们可以从“中国文学门”的规划，了解在这个学术和教育研究“现代化”过程中，建制中人如何理解“中国文学”。事实上，《奏定章程》对“中国文学门”的课程规划非常用心，当中开列了“主课”、“补助课”的细目，列明“随意科目”的选目；此外更就个别科目的“讲习法”作出或详或略的说明。

“中国文学”的主课有七个科目：文学研究法、《说文》学、音韵学、历代文章流别、古人论文要言、周秦至今文章名家、周秦传记杂史周秦诸子。补助课有九科：四库集部提要、汉书艺文志补注、隋书经籍志考证、御批历代通鉴辑览、各种纪事本末、世界史、西国文学史、中国古今历代法制考、外国科学史、外国语文（英、法、俄、德、日选习其一）。随意科目第一年是：心理学、辩学、交涉学；第二年是：西国法制史、公益学、教育学；第三年是拉丁语、希腊语。

我们不难明白，当时课程设计的思维是在西方列强侵逼底下而形成。学习外语、西方文学、世界史，了解西方科学、法制等，都是时务所需。但换一个角度看，这种设计却具有相当的开放性，比后来愈走愈专愈窄的中文系课程更具前瞻意义；学习“中国文学”不应闭守国门之内，或者梦回古世，自诩优雅；中国文学的意义要放在整个世界脉络中去理解。《奏定章程》所附的《奏定学务纲要》有这样的说明：

> 大学堂经学、理学、中国文学、史学各科，尤必深通洋文而后其用乃为最大，斯实通中外、消乱贼、息邪说、距诐行之窾要也。

我们不能认同张之洞等“乱贼”、“邪说”、“诐行”的判断，但其背后之理论逻辑——视野开阔，有助批判思考——应是可取的。至于《说文》、音韵之学，典籍源流，以至本国历史和法制演变等，都有助于学者措置“文学”于更广阔的文化环境之中。

当然，在《奏定章程》中“中国文学”之成为学科知识，其重点在“文学研究法”和“周秦至今名文章名家”两科；据《章程》所列，这两科的授课钟点最多，是其他科目的两至三倍。前者的纲要说明凡四十一则，细节我们不必在此罗列，其标题用上“研究”的字眼，已可以见到《奏定章程》是从“知识”探索的角度切入。至于作为研习本体对象的后者，《章程》有这样的说明：

> 周秦至今文章名家之文集浩如烟海，古来最著名者大约一百余家，有专集者览其专集，无专集者取诸总集。为教员者，就此名家百余人，每家标举其文之专长及其人有关文章之事实，编成讲义，为学生说之，则文章之流别利病已足了然；其如何致力处，听之学者可也。近年来历朝总集之详博而大雅者，皆有刻本。名家专集有单行者居多。欲以文章名家者，除多看总集外，其专集尤须多读。

在大学正规课程出现的作家作品，是文学作品的“正典”成型（canon formation）的重要指标，可惜《章程》只开列了“近年”的重要总集，没有正式提供具体的作品和作家的名单。

然而，我们也必须注意，在这个“研究”导向之余，《章程》却又另附以下两则说明：

> 凡习文学专科者，除研究讲读外，须时常练习自作；教员斟酌行之，犹工、医之实习也；但不宜太数。愿习散体、骈体，可听其便。

博学而知文章源流者，必能工诗赋，听学者自为之，学堂勿庸课习。

“文章之流别利病”或者“文章源流”无疑就是“知识”。这“知识”可以透过“研究讲读”名家文章而来。但问题的关键是：“了然”于“文章之流别利病”之后，有没有更进一步、或者更深层次的目的。《章程》说“如何致力处，听之学者可也”；在“文学研究法”四十一则之下，再补充说：“研究文学者，务当于有关今日实用之文学加意考求”；所谓“致力”、“加意考求”，隐隐然指向“实际的写作”；学工学医要实习，“习文学专科”也要“时常练习自作”，则“研究”好像是为“写作”而服务，是手段而非目的了。至于“诗赋”，大概不是“今日实用之文学”，在学堂中“勿庸课习”，但也是“听学者自为之”，没有完全否定的意图。

在《奏定章程》所附的《奏定学务纲要》中，又有专条详细说明“中国文学”在各级学堂中的位置和作用，我们撮录其要点如下：

（一）学堂不得废弃中国文辞，以便读古来经籍；能为中国各体文辞，然后能通解经史古书，传述圣贤精理。

（二）各体文辞各有所用——

古文：阐理纪事，述德达情；

骈文：遇国家典礼制诰之用；

古今体诗、辞赋：涵养性情，发抒怀抱。

（三）大学堂：设文学专科，听好此者研究；

各学堂：明定日课时刻；并宜随时试课论说文字。

（四）各学堂兼令诵读有益德性风化之古诗歌，以代外国学堂之唱歌音乐。

由此可见“中国文学”在《奏定章程》所设计各级正规教育中的目标，最少包括文化传承，以及实际应用两个部分。相对于其他各级学堂，大学堂学习“文学”虽然还是以训练“写作”为最终目的，但学习过程主要是“研究讲读”名家作品；尤其在科目上再配备“文学史”形式的“历代文章流别”科与“文学批评史”形式的“古人论文要言”科，更构筑起一副相当完整的知识架构。至此，“中国文学”作为现代学科的形式规模已备。虽然学科的具体内容可能还是偏于传统的“词章”，但学科位置和规模确立以后，往后就有更多发展的空间。

四　文学专业

辛亥革命以后，京师大学堂改成北京大学，中国大学教育亦进入一个新阶段，各地相继出现公、私立的高校。1928 年清华学堂改为国立清华大学，由北京大学的旧生罗家伦掌校政，中文系首位系主任也是北京大学出身的杨振声。然而，清华大学的中国文学系，却立意异于北大，开创新局面。当时和杨振声共商学术路向的，是同样毕业于北京大学的朱自清。1930 年杨振声离开清华大学到山东筹办青岛大学，系务交由朱自清主持。这个由杨振声开启、朱自清发扬的“中国文学”学科观念的变化，指向往后中国文学研究其中一条主要发展道路，值得我们细心审视。杨振声在《清华中国文学会有史之第一页》（1928）谈到他们的考虑问题说：

> 现在讲起办大学，国文学系是要算最难了。第一是宗旨的不易定，第二是教员人选的困难。我们参考国内各大学的国文系，然后再来定我们的宗旨与课程，那自然是最逻辑的步调了。不过，难说得很，譬如，有的注重于考订古籍，分别真赝，校核年月，搜求目录，这是校雠目录之学，非文

学也。有的注重于文字的训诂，方言的诠释，音韵的转变，文法的结构，这是语言文字之学，非文学也。有的注重于年谱传状之核博，文章体裁之轫演，派别门户之分划，文章风气之流衍，这是文学史，非文学也。以上这几种，都可以包核在国文学系，但这不过是研究文学之方法，不是研究文学之宗旨。

杨振声的思考是“中国文学系”应该是以“文学”为主的，但现有不少中文系的教学与研究活动，如校雠目录之学、语言文字之学、文学史等，都不是“文学”。

从杨振声的抱怨声中，我们见到学制内的“文学”观念的变化。事实上，早在京师大学堂的章程中，“中国文学门”虽由“词章”演化而成，但其前身实在是“文字之学”——有关“文”的“学”；我们可以把《奏定章程》中有关说明稍作排比：

（一）《初等小学堂章程》中的相应科目是“中国文字”，“其要义在使识日用常见之字”。

（二）《高等小学堂》改称“中国文学”，“其要义在使通四民常用之文理，解四民常用之词句，以备应达意之用”。

（三）《中学堂章程》也是“中国文学”，学习的目标是“作文”：“凡为文之次第：一曰文义；二曰文法；三曰作文。”再加有助“作文”的相关知识：“次讲中国古今文章流别、文风盛衰之要略，及文章于政事身世关系处。”

（四）《大学堂章程》的“中国文学研究法”的首三则分别是文字、音韵、训诂；以下是“词章”的知识；“中国文学门”的“主课”七个科目大概也就是这些“语文学”加上“词章学”所组成。其整个学程的逻辑次序是：文字（传统的“小学”范围，赅括形、声、义的掌握）是基础，继而是作为重点的适应时务的实用“词章”，最后是不必鼓励，但可容忍学子偶一为之，以涵养性情、发抒怀抱的“诗赋”。

由京师大学堂到北京大学的初期，“文学”科主要的变化可征诸教员的更替——重“词章”的桐城派文人，如姚永概、姚永朴、马其昶、林纾等，渐渐被沈尹默、钱玄同、沈兼士、朱希祖等主“小学”的章太炎门生取代。这一批“新进”可说是清代考证的继承者，以治学严谨见称。由是，北大中文系的学风，就以“硬科学”性质的考据学为尚。新文学运动以后，以胡适为领袖的反封建、反传统的思想耸动全国，可是学术上的品味，其实非常接近章门学风。钱穆《学术传统与时代潮流》一文指出：

> 民初新文化运动，实亦一套《国故论衡》，将旧传统逐一加以新观念、新批评，如是而已。

梁启超在《清代学术概论》中更有这样的判断：

> 绩溪诸胡之后有胡适者，亦用清儒方法治学，有正统派遗风。

胡适在《清代汉学家的科学方法》（1918）一文，推许乾嘉考据学家的“科学精神”，认为清代的校勘学是一种“科学”。他提倡以这种精神和方法去“整理国故”，而他的文学研究，尤其是小说研究，也以考证、校勘为主干。从20年代开始，由于胡适等人的影响力，文学研究的“考据学化”风气弥漫全国，各大学中文系愈加尊尚校雠考证及文字训诂等“科学”、“专业”的知识。

朱自清接掌清华大学中国文学系以后，曾在《清华周刊》介绍本系课程，其观察与杨振声之说相同。他在1931年6月《周刊》上说：

> 中国各大学的国学系、国文学系，或中国文学系的课程，范围往往很广：除纯文学外，更涉及哲学、史学、考古学等。他们要造成的是国学的人才，而不一定是中国文学的人才。对于中国文学，他们要学生做的是旧文学研究考证的工夫，而不及新文学的创造。

在1934年6月《周刊》上朱自清又说：

> 研究中国文学又可分为考据、鉴赏及批评等。从前做考据的人认为文学为词章，不大愿意过问；近来风气变了，渐渐有了做文学考据的人。但在鉴赏与批评做工夫的还少。旧日文献涉及这方面的大抵零碎琐屑，不成片段；发挥光大，是现在人的责任。这等处自当借镜于西方，只不要忘记自己本来面目。

从杨振声和朱自清对当时中文系课程和研究的观察，可以见到他们观念中有若干组“二元对立”：“文学训练”和“非文学训练”、“文学研究考证”和“文学的鉴赏与批评”、“旧文学的研究”和“新文学的创造”。其二分以后，明显出现主从之别，以及其取舍的倾向。具体来说，他们认为文学的“本体”活动，应是鉴赏和批评，以及“新文学的创造”。问题是：依着这种理解，有关文学的“周边”活动，如版本流变聚合的考订与校雠、作品中的名物训诂，甚至作品题材的流传演变、作者的生平传记等的研究，都具备可以“客观实证”的知识体；反而文学的“本体”活动，离不开感发情志、知音共鸣等，看来比较主观和难以衡量，如何可以安置在以创发和传授“知识”的学术架构之内，而不致备受质疑或者蔑视？

其实类似的问题，在前面讲述英国文学立科时也触碰过。消除文本中的语言屏障、说明文本的流传过程与状态、揭示时代风尚，以至历史文化与文本的关系或者相互影响等活动，一般都可以归入“语文学”的范围；而文学作品既然是历史上的书面材料之一，“语文学家”自然可以视之为本专业可以统辖的范围。[1]“文学”如果要摆脱“语文学”的控制成为独立的“知识体”，则从事于“文学”者，有必要从“语文学家”手中争取对文学文本的解释权。英国文学的进入学术体制，就经过这么一个抗争的过程。我在前面提到那位牛津柯林斯，在1891年出版《英国文学的研究：本学科之认可及措置此学科于大学的呼吁》一书，详细交代他作为一个“英国文学”的辩护者对当时教育体系中的英文课程之不满；他认为当时牛津和剑桥两所大学的英文课程都是由“语言学家”把持，英文课枯燥无味，尽是字源、句法的讲授；新兴的城市大学如伦敦大学的学院，正如不少校外课程、技工进修班、女学，其“文学”课程又尽是“考试主导”，变成是文学史资料的记诵；柯林斯理想的“文学”科是既有学术性，又兼具审美效用，更能启发人文精神。不过，这个愿望并未因柯林斯的奔走而实践于他的母校牛津大学。后来才正式增添“文学”课程的剑桥大学，反而开出一个极富潜力的新路向。“一战”后这个校园涌现了一批重要的文学人，如瑞恰慈（I. A. Richards, 1893—1979）、利维斯夫妇（F. R. Leavis, 1895—1978 和 Q. D. Leavis, 1906—1981）等，提倡系统的文学研究方法，再通过评论刊物《细察》（*Scrutiny*）的广泛影响，一时间“文学批评”居然取代了“语

〔1〕 参考 Kemp Malone, “Literature and Philology,” *The English Journal* 17 (1928): 311-314; Winfred P. Lehmann, “Philology to Linguistics: Constructive to Literary Study,” *South Central Review* 1 (1984): 131-140; Jean Bollack and Priscilla H. Barnum, “Texts and Their Interpreters: The Enterprise of Philology,” *Substance* 22 (1993): 315- 320。

文学”的位置。[1]

特别是瑞恰慈，1917 年开始在剑桥任教，他的《文学批评原理》（*Principles of Literary Criticism*, 1924）、《科学与诗》（*Science and Poetry*, 1926）、《实践批评》（*Practical Criticism*, 1929）等，为文学带来正规的学科元素，阅读不再是随意赏析的消闲活动，而是有方法、有系统的训练；这种“细读”（close reading）的训练让“文学”的评断超越个人主观品味的展示，“文学批评”从此成为一种学术活动。另一方面，根据伊格尔顿等的读法，瑞恰慈之重视文本并不等于一种不顾外在世界的“形式主义”；“文本”对杂乱的心理冲动加以组织与调节，以成就一个均衡的整体，其实也是文学的社会功能的一种表现，可以抚平现实世界种种不安。事实上，瑞恰慈也认为“批评”活动有必要整合各种思虑能力，故也可以舒缓批评者的内心张力，所以是一种坚毅的锻炼。后来美国的“新批评”学派如布鲁克斯（Cleanth Brooks, 1906—1994）、兰色姆（J. C. Ransom, 1888—1974）、泰特（Allen Tate, 1899—1979）等，虽然不愿意接受瑞恰慈批评论中的心理学模型，却继承了他主要的方法学，重视文本的审察，讲求系统分析；“细读”亦由是被视为“新批评”的标记。美国“新批评”学派之进占大学讲坛，瑞恰慈的影响绝对是其中一个重要原因。

这里提到瑞恰慈，因为他对中国的“文学批评”之发展，也起过非常重要的作用；他的著作《科学与诗》从 1929 年开始先后有多个中文译本面世，同年他应聘到清华大学讲学，又在燕京大学兼课；其诗论以及语意学的论述当时在中国影响极大，甚至有“中国比任何其他国家都更加完全地瑞恰慈化（Richardsised）”的讲法。时间不容许我多作论列，这里就以朱自清的中国文学研究作为切入点。

---

〔1〕 参考 E. M. W. Tillyard, *The Muse Unchained: An Intimate Account of the Revolution in English Studies at Cambridge* (London: Bowes and Bowes, 1958)。

图 1-1　瑞恰慈《实践批评》(*Practical Criticism*)

上文提到朱自清对文学的“鉴赏与批评”的重视；然而照他的观察，中国古代有关批评的论述是不足的：“旧日文献涉及这方面的大抵零碎琐屑，不成片段；发挥光大，是现在人的责任。这等处自当借镜于西方，只不要忘记自己本来面目。”因此，他自己的研究道路上，就可以见到这两个趋向：一、发展文学批评；二、借镜西方的方法。他的著述之中，常见有如何研究或者阅读文学的思考。在《朱自清全集》中，可见早在 1923 年他就注意西方的文学批评，阅读柳威生（Ludwig Lewisohn, 1882—1955）的《近代批评辑要》(*A Modern Book of Criticism*, 1919)，[1]前后试译过书中所录的法朗士（Anatole France, 1844—1924）两篇：《心灵的漫游》和《圣林》；当然这时他接触的西方文学批评，重点还是西方 19 世纪的论述。在

〔1〕 此书有傅东华译：《近世文学批评》(上海：商务印书馆，1928)。

瑞恰慈刚到清华时，朱自清也没有立即被他的理论吸引。1931年中朱自清发表《论诗学门径》，提供的方法不外是“记诵”，借助《诗法易简录》、《诗式》一类入门指导，“多读注本、评本”，并辅以诗话、诗史；与京师大学堂的《奏定章程》所提示的“文学研究法”相比，没有太大的变化，还没有达到现代学术的谨严要求。同年秋天朱自清休假赴英访学，这一年10月以后的日记开始记载他阅读的书目，以及和朋友讨论文学批评问题，就常见瑞恰慈及其学生燕卜荪（William Empson，1906—1984）的著作。1935年朱自清发表《诗多义举例》，并开始撰写《古诗十九首释》（1941年刊于《国文月刊》），其中讲求细读分析的影响就很明显了。两篇文章的开首话，都在申述他的“读诗”的理念，值得在此引录：

> 了解诗不是件容易事，俞平伯先生在《诗的神秘》一文中说得很透彻的。他所举的“声音训诂”、“大义微言”、“名物典章”，果然都是难关。……这些难关，全由于我们知识不足；大家努力的结果，知识在渐渐增多，难关也可渐渐减少。……所谓努力，只是多读书，多思想。就一首首的诗说，我们得多吟诵，细分析；有人想，一分析，诗便没有了，其实不然。单说一首“好”是不够的，人家要问怎么个好法，便非先做分析的工夫不成。……还只有凭自己知识力量，从分析下手。（《诗多义举例》）
>
> 诗是精粹的语言。因为是“精粹的”，便比散文需要更多的思索，更多的吟味；许多人觉得诗难懂，便是为此。但诗究竟是“语言”，并没有真的神秘；语言，包括说的和写的，是可以分析的；诗也是可以分析的。只有分析，才可以得到透彻的了解；……有时分析起来还是不懂，那是分析得还不够细密，或者知识不够，材料不足；并不是分析这个方

> 法不成。……只有能分析的人，才能切实欣赏；欣赏是在透彻的了解里。一般的意见将欣赏和了解分成两橛，实在是不妥的。……一般人以为诗只能综合的欣赏，一分析诗就没有了。其实诗是最错综的，最多义的，非细密的分析工夫，不能捉住它的意旨。(《古诗十九首释》)

这两段话透露出两个重点：一、读诗与"知识"密切相关；二、诗的欣赏与了解，非经细密的"分析"不可。朱自清把"声音训诂"和"微言大义"都看成"知识"，前者属"语文学"范围，一向都具备"知识"的规模；但后者，据朱自清理解，是属于"感情"的部分，是诗之所以为"文学"的关键，同视之为"知识"，再加上与其密切关连的"分析工夫"，则文学的欣赏与了解，再不是"模糊影响"，而是有方法、有准则的"知识体"。我们也看到朱自清之致力处，有很大程度是受瑞恰慈和燕卜荪等的批评理论的影响；而这个定向之有助"文学"进入中国的现代学术领域，大概也可以比拟瑞恰慈等剑桥文学人提倡"文学批评"的作用。

朱自清一直强调"欣赏"和"分析"，意味着"文学"作为学科，其重点与一般的文学活动性质有所区别。事实上，朱自清是早期新诗创作的参与者，更是"五四"以来重要的散文家，但他却没有因为本身是作家，而刻意讨论创作法则，反而是站在读者的立场立说，以分析、研究为目标。这分明有异于早期文学立科的"词章学"倾向，也是文学"学术化"的表现。所谓"词章学"的方向，是指京师大学堂章程中的"文学"课程的重点，在于训练能书写实用的骈散文，甚至以此名家。如果依杨振声和朱自清的构想，"新文学的创造"应该是文学的本体活动，但在实际课程的措置上，"创作"显然没有批评研究的课业那么重要。我们从1991年出版的《清华大学史料选编》所见，例如1936年到1937年清华大学中国文学系的四年大学课程，只有一门属于创作课的选修科

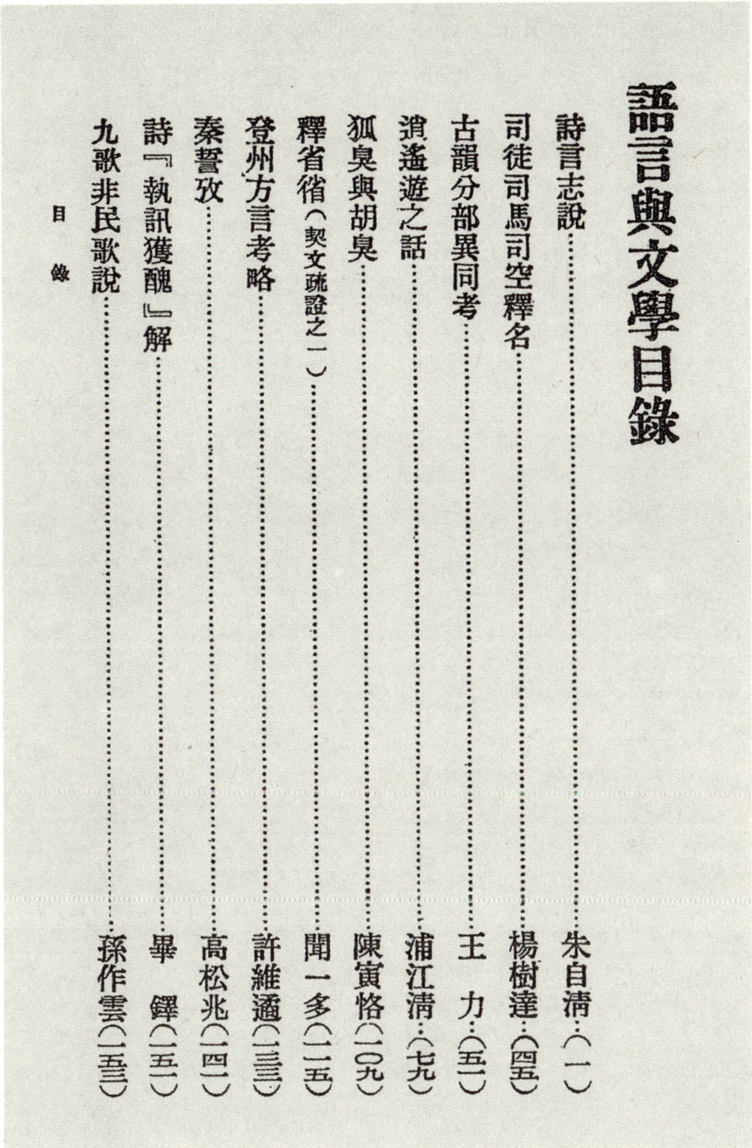

語言與文學目錄

詩言志說……朱自清（一）
司徒司馬司空釋名……楊樹達（四五）
古韻分部異同考……王　力（五一）
逍遙遊之話……浦江清（七九）
狐臭與胡臭……陳寅恪（一〇九）
釋省㣣（契文疏證之一）……聞一多（一一五）
登州方言考略……許維遹（一三三）
秦誓攷……高松兆（一四一）
詩『執訊獲醜』解……畢　鐸（一五一）
九歌非民歌說……孫作雲（一五三）

目錄

图 1–2 《语言与文学》（1937 年）中文目录

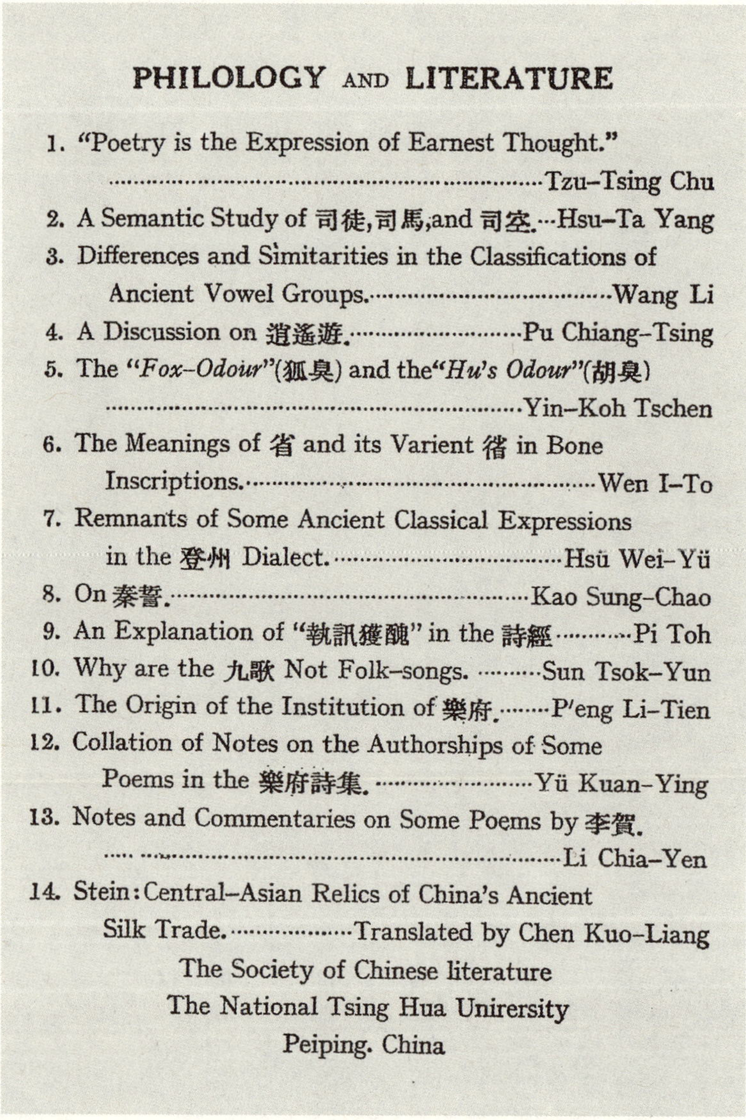

PHILOLOGY AND LITERATURE

1. "Poetry is the Expression of Earnest Thought." ······Tzu-Tsing Chu
2. A Semantic Study of 司徒，司馬，and 司空. ···Hsu-Ta Yang
3. Differences and Simitarities in the Classifications of Ancient Vowel Groups. ······Wang Li
4. A Discussion on 逍遙遊. ······Pu Chiang-Tsing
5. The "*Fox-Odour*"(狐臭) and the "*Hu's Odour*"(胡臭) ······Yin-Koh Tschen
6. The Meanings of 省 and its Varient 徻 in Bone Inscriptions. ······Wen I-To
7. Remnants of Some Ancient Classical Expressions in the 登州 Dialect. ······Hsü Wei-Yü
8. On 秦誓. ······Kao Sung-Chao
9. An Explanation of "執訊獲醜" in the 詩經 ······Pi Toh
10. Why are the 九歌 Not Folk-songs. ······Sun Tsok-Yun
11. The Origin of the Institution of 樂府. ······P'eng Li-Tien
12. Collation of Notes on the Authorships of Some Poems in the 樂府詩集. ······Yü Kuan-Ying
13. Notes and Commentaries on Some Poems by 李賀. ······Li Chia-Yen
14. Stein: Central-Asian Relics of China's Ancient Silk Trade. ······Translated by Chen Kuo-Liang

The Society of Chinese literature
The National Tsing Hua Unirersity
Peiping. China

图 1-3 《语言与文学》（1937 年）英文目录

“习作”，包括诗、小说、散文，其说明是：“专为增进表现上之艺术而设；注重练习讨论批评，及参考成熟之作品。”在四年合共111—114学分的课程中，“习作”只占3学分。由此可见，在一个以“知识”传授或者创造的学术环境中，“创作”活动的切入还是比较艰难；[1]相对来说，以“分析”作为方法学标志的“文学批评”，却可以把文学“鉴赏”的活动“学术化”。

当然学术化的路向还可以有“语文学”作为选项。清华大学本就有“国学研究院”的传统，朱自清的系内同事如陈寅恪、杨树达都是这方面的大师。我们可以再举出当时一本以“国立清华大学中国文学会”名义编辑的刊物作说明，这只出版了一期的刊物题作《语言与文学》(1937)，其英文刊名则是 *Philology and Literature*。从刊物的内容看，似乎“语文学”的内容更占主导。换句话说，朱自清等努力引进瑞恰慈等的批评理念，把文学的欣赏结合分析以充实其“知识”含量，由此提升文学的“本体”活动的学术位格，但在中文系的传统中，并没有取代或者凌驾语文学的学术位置。或者可以说，以朱自清为代表的“文学批评”倡导者，往往也需要借助“语文学”的方法，以巩固其学术体质，正如朱自清在《语言与文学》中首发的《诗言志说》，及随后发展为中国文学批评研究名著的《诗言志辨》，以至他的其他文学批评著述，如《中国文评流别述略》、《诗文评的发展》、《〈文选序〉“事出于沈思义归乎翰藻”说》、《论以文为诗》和《“好”与“妙”》几篇论文，还有西南联大时期讲授“中国文学批评研究”的讲义(2004年整理出版)等，其实都有相当多的“语文学”成分。朱自清在《诗言志辨》(1947)的序文说：

---

〔1〕 在英美大学体制中，创作课程的设立也非常艰难；参阅 Michelene Wandor, *The Author is not Dead, Merely Somewhere Else: Creative Writing Reconsidered* (London: Macmillan, 2008)。

更愿意有许多人分头来搜集材料，寻出各个批评的意念如何发生，如何演变——寻出它们的史迹。这个得认真的仔细的考辨，一个字不放松，像汉学家考辨经史子书。这是从小处下手。希望努力的结果可以阐明批评的价值，化除一般人的成见，并坚强它那新获得的地位。

由此可以见到朱自清借重“语文学”的想法，而这也是后来中国文学批评及文学批评史的倾向。

当然，朱自清所开发的“中国文学批评”研究，与纯粹的“语文学”相较，无论学术目标、研究效果，以至终极关怀，二者还是有相当大的差异。其差异正在于前者以“文学”为本位。这一份“文学”的关怀，使得“文学”不仅是文献材料，而是古今中外人类文化心灵互通的触媒。朱自清在《中国文学系概况》（1934）中提醒学生“自当借镜于西方，只不要忘记自己本来面目”，就是承认中国与西方，实有其互通的可能，才有“借镜”的必要；然而，既是“借镜”于人，镜前人已非同一，得此“镜”又可知“自己本来面目”。对于这当中的同中有异，如何因同见异，因异思通，朱自清实有非常清醒的意识，下面接着要讨论的“文学”课程改革方案，其根据亦在于这一种认识。

五　文学教育

1928 年杨振声首任刚成立的清华大学中文系主任。他和朱自清商量建立一个与其他大学（尤其是北京大学）不同的中文系。他们设计课程的理念，据杨振声《为追悼朱自清先生讲到中国文学系》（1948）的追述，是“一方面注重于研究中国各体的文学，一方面也注重于外国文学各体的研究”，所以课程内容除中国的传统文学外，还有："大一大二英文，都是必修。三四年级有西洋文学概要，西洋文学各体研究，中国新文学研究，当代比较文学及新文学习作也都是必修。选修学程又有西洋文学专集研究"；他特别强调："这在当时的各大学中，清华实在是第一个把新旧文学、中外文学联合在一起的。"杨振声介绍的根据是 1929 年清华大学的"中国文学系课程总说明"，参以后来朱自清在 1931、1934 及 1939 年的课程介绍，我们发现当中虽然略有些差异变化，但总的方向很清楚，当时清华大学试图改变中文系专注于中国古籍旧学的"语文学"传统，加入新文学、外国文学的元素，"注重新旧文学的贯通与中外文学的融会"。

杨振声这里提到文学的"新"与"旧"、"中"与"外"，好像是两组不同的对立。但事实上，"新文学"与"外国文学"在当时的文化脉络下，其实同是指向"现代"的"文学"概念。杨振声和朱自清的想法，也可以从他们对外国现代文学的观感见到：

> 外国现代文学经时间上的磨炼，科学哲学的培养，图画、音乐、建筑等艺术的切磋，在内容及表现上都已是时代的产儿了。我们最少也是时代的追随者——这是极没出息的话，应当是时代的创造者。对于人家表现艺术的——文学大部是表现艺术的——进步，结构技巧的精致，批评艺术的理论，起码也应当研究研究，与自己的东西比较一下。比较研究后，我们可以舍短取长，增益我们创造自己的文学的工具。(《为追悼朱自清先生讲到中国文学系》)

这些理念，其实就是朱自清《中国文学系概况》(1934)所讲的"这等处自当借镜于西方，只不要忘记自己本来面目"。今天看来，我们很容易批评杨振声等以"外国文学"为"先进"的天真，但我们应该了解，一方面这是他们对当下问题的一种"内自省"，是借

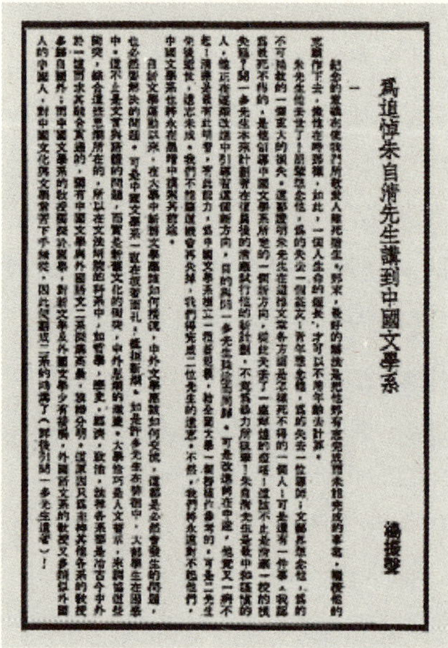

爲追悼朱自清先生講到中國文學系

楊振聲

图 1-4　杨振声《为追悼朱自清先生讲到中国文学系》

“西方”以求革新的举措；另一方面，中国传统如何面对“现代”，也是一个绕不开的命题。中国文学作为“知识体”，其边界应以中国为限，殆无疑问；然而中国历代出现的各种形态文本、众多文化活动，究竟哪些部分应进入“文学”这个“知识体”的范围？其问题之严重性在于朱自清在《诗言志辨·序》点明的，“西方文化的输入……改变了我们的‘文学’的意念”，在这种情况底下，“现代的”中国“文学”研究不可能仅仅以本国的传统为思虑，西方的参照似乎不能避免。具体的情况可以从朱自清对中国“文学批评”研究的讨论见到，他在《诗文评的发展》一文指出：

> “文学批评”原是外来的意念；我们的诗文评虽与文学批评相当，却有它自己的发展……写中国文学批评史，就难在将这两样比较得恰到好处，教我们能以靠了文学批评

这把明镜，照清楚诗文评的面目。诗文评里有一部分与文学批评无干，得清算出去；这是将文学批评还给文学批评，是第一步。还得将中国还给中国，一时代还给一时代。按这个方向走，才能将我们的材料跟那外来意念打成一片，才能处处抓住要领；抓住要领以后，才值得详细探索起去。

“将中国还给中国，一时代还给一时代”的讲法，是尊重本国的文化传统和历史真相，但其前提是要判定哪些中国的“材料”（“诗文评”）可与外来的“意念”（“文学批评”）打成一片；不合这些“意念”的，就该“清算出去”；这样才能“抓住要领”，才“值得详细探索”。整体而言，中国文学的研究也应作如是观。

正如杨振声形容，朱自清是“最中和谨慎的人”；他不是那些要“全盘西化”的斗士，他对中国文学研究和文学教育前途的思考，是宽广而深刻的。沿着“自当借镜于西方，只不要忘记自己本来面目”的方向发展，在经历西南联合大学的一段沉潜积淀以后，与朱自清同道的闻一多，打算在战后清华大学复员时，提出更前卫的主张。他撰写了《调整大学文学院中国文学外国语文学二系机构刍议》，建议：

将现行制度下的中国文学系（文学组、语言文字组）与外国语文学系改为“文学系”（中国文学组、外国文学组）与“语言学系”（东方语言组、印欧语言组）。

闻一多以为当下的制度是“中西对立，语文不分”；他的建议是因应他构想的学科原理，以及当时中国大学中外文系的流弊而作出的。他对部分中文系仿似“小型国学专修馆”、外文系成为“高等华人养成所”非常不满，而在专业修习的角度来看，中文系中的

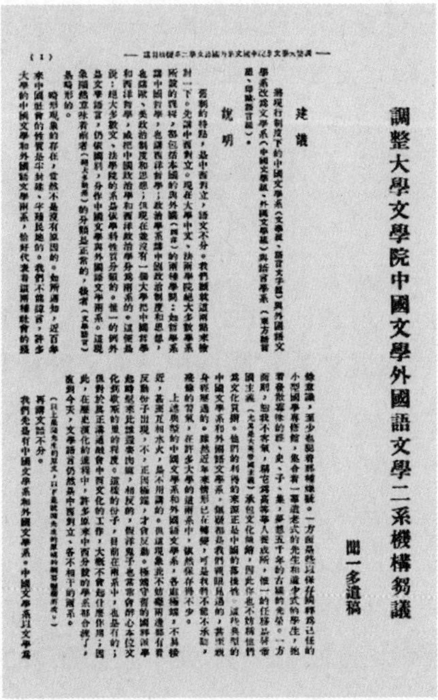

調整大學文學院中國文學外國語文學二系機構芻議

聞一多遺稿

建議

將現行制度下的中國文學系（文學組、語言文字組）與外國語文學系改爲文學系（中國文學組、外國文學組）與語言學系（東方語言組、印歐語言組）。

說明

图 1–5　闻一多《调整大学文学院中国文学外国语文学二系机构刍议》

“包括形、音、义的文字学”，没有独立的地位，学生对此发生兴趣的不多；外文系却似“译学馆”，只重语言训练，未及专意于文学；因此两方面都有偏不全。从学理而言，他认为：

> 语言学已经成为科学，中国语言文字的研究是这门科学的一个分支；而文学是属于艺术的范畴。……语言学与文学并不相近，倒是与历史考古学、尤其社会人类学相近些。所以让语言学独立成系，可以促进它本身的发展，也可以促进历史考古学与社会人类学的发展。

至于文学科，他主张：

> 文学应配合我们的政治经济及一般文化的动向，所谓国情的、自主的接受本国文化与吸收西洋文化。……我们要放大眼光。建设本国文学的研究与批评，及创造新中国的文学，是我们的目标；采用旧的，介绍新的，是我们的手段。要批判的接受，有计划的介绍，要中西兼通。我们建议文学系分为中国文学与外国文学两组，这两组出发点不同，归趣则一。这是统一目标，分工合作；这有计划的分工，有系统的合作。

闻一多更指出当时大学的文、法学院的系是依学科性质分类的，只有文学语言依国别而分中文系、外文系，其他学系如哲学系、政治学系，既讲中国哲学、中国政治制度和思想，也讲西洋哲学、欧美政治制度和思想；因此，中、外文系之分立是不正常的。

闻一多的建议是1947年暑假前向清华大学口头提出的，同年他遭政治暗杀。这份建议的未完稿由朱自清整理后于翌年发表。闻一多要重整学科界线之说，在“中文”于现代大学体制立科已有半个世纪之后提出，可说是石破天惊的，当时就引来不少回响。为文讨论的包括王了一、李广田、陈望道、徐中玉、陈子展、朱维之、程俊英、吕叔湘、浦江清、冯至、盛澄华、杨振声等。大体上意见是支持这个理想，但也提出许多实际执行的困难，例如文学系不能没有语言的训练、兼通中外文学或语言的老师难求等；也有建议先不改中、外文系，而另立一新的文学系等。

可惜的是，20世纪40年代末的中国，政局不靖；以上种种议论根本没有机会实践试验；50年代后中国大陆的政治文化局面完全改变，知识界再无暇思考这种改革。我们只知道，事隔四十年之后，在另一个文化时空中，也曾有类似的构想，并付诸试验。大概在80年代中，台湾新竹的清华大学尝试结合中外文系的力量，倡办“文学研究所”，以融通中西为目标。

据知倡议者并不知悉闻一多等的主张，只是基于对现代意义下的“文学”有“新”的体会，不满当时当地大学的中、外文学研究的分割。然而，这个试验却只维持了数年，就因种种原因而终结了。

到了21世纪的今天，我们是否可以再思考一下这计划是否可行？其利弊如何？尤其以“文学”而言，应该以“国家文学”的意识，还是“世界文学”的观念作为基础？两个概念之间有没有可能沟通，个人又应如何自处？这样的文学教育，能否符合社会大众的期待？还是可以带领社会、改造社会？

我在此，或者就以问题来完结这次报告，正如我投身于“文章大业”，投身这个世界，每日都会带着天真的好奇，问一些最简单但不懂回答的问题。谢谢。

附：英国文学教授就职讲座题目

1997 Michael Toolan, "Language, English Studies and Democracy" (Inaugural lecture delivered on 29 April 1997 in the University of Birmingham)〔米歇尔·图兰:《语言、英文研究与民主》(1997年4月29日，伯明翰大学)〕

1994 George Steiner, "What is Comparative Literature?" (Inaugural lecture delivered on 11 October, the University of Oxford)〔乔治·施泰纳:《何谓比较文学？》(1994年10月11日，牛津大学)〕

1992 Terry Eagleton, "The Crisis of Contemporary Culture" (Inaugural lecture delivered on 27 November, the University of Oxford)〔特里·伊格尔顿:《当代文化的危机》(1992年11月27日，牛津大学)〕

1987 Marilyn Butler, "Literature as a Heritage, or, Reading Other Ways" (Inaugural lecture delivered on 10 November 1987, Cambridge University)〔玛丽琳·巴特勒:《文学之为遗产，或者，其他读法》(1987年11月10日，剑桥大学)〕

1982 C. M. J. MacCabe, "Towards a Modern Trivium: English Studies Today" (Inaugural lecture, on 27 April 1982, the University of Strathclyde)〔C. M. J. 麦凯布:《迈向当代"三学科"：今天的英文研究》(1982年4月27日，思特莱斯克莱德大学)〕

1982 Raymond Chapman, "English Literature in a Changing World" (Inaugural lecture, London School of Economics and Political Science)〔雷蒙德·查普曼:《世变中的英国文学》(伦敦政治经济学院)〕

1978 Paul L. Ginestier, "Teaching Literature?" (Inaugural lecture delivered on 16 November, the University of Hull)〔保罗. L. 吉内斯蒂尔:《教授文学？》(1978年11月16日，赫尔大学)〕

1972 Alastair Fowler, "Readers of Literature" (Inaugural lecture delivered on Monday 27 November, the University of Edinburgh)〔阿拉斯

泰尔·福勒:《文学的读者》(1972 年 11 月 27 日，爱丁堡大学)〕

1972 John Holloway, “The Establishment of English” (Inaugural lecture delivered on 7 November, the University of Cambridge)〔约翰·霍洛威:《英文科的创立》(1972 年 11 月 7 日，剑桥大学)〕

1971 Maurice Evans, “English at the University” (Inaugural lecture delivered on 8 March, the University of Exeter)〔莫里斯·埃文斯:《大学中的英文科》(1971 年 3 月 8 日，艾克赛特大学)〕

1967 Helen Louise Gardner, “Literary Studies” (Inaugural lecture delivered on 1 June, the University of Oxford)〔海伦·路易·加德纳:《文学的研究》(1967 年 6 月 1 日，牛津大学)〕

1964 F. W. J. Hemmings, “The Uses of Literature” (Inaugural lecture delivered on 3 November, the University of Leicester)〔F. W. J. 海明斯:《文学的用途》(1964 年 11 月 3 日，莱斯特大学)〕

1959 F. T. Prince, “In Defence of English” (Inaugural lecture delivered on 25 February, the University of Southampton)〔F. T. 普林斯:《为英文辩护》(1959 年 2 月 25 日，南安普敦大学)〕

1958 A. Norman Jeffares, “Language, Literature and Science” (Inaugural lecture delivered on 2 May, the University of Leeds)〔A. 诺曼. 杰弗瑞:《语言、文学、科学》(1958 年 5 月 2 日，利兹大学)〕

1954 James Kinsley, “English Studies in the University” (Inaugural lecture of the Professor of English Language and Literature delivered on 23 November, the University College of Swansea)〔詹姆士·金斯莱:《大学中的英文研究》(1954 年 11 月 23 日，斯旺西大学学院)〕

1945 James Runcieman Sutherland, “English in the Universities” (Inaugural lecture, Cambridge University)〔詹姆士·朗西曼·萨瑟兰:《英文科在大学》(剑桥大学)〕

1915 Herbert John Clifford Grierson, “The Background of English Literature” (Inaugural lecture delivered on 14 October, the University of

Edinburgh)〔赫伯特·约翰·克里弗德·葛莱尔森:《英国文学的背景》(1915 年 10 月 14 日，爱丁堡大学)〕

1913 Sidney Lee, "The Place of English Literature in the Modern University" (Inaugural lecture delivered on 2 October, on East London College)〔悉尼·李:《现代大学中英国文学的位置》(1913 年 10 月 2 日，东伦敦学院)〕

1900 Walter Raleigh, "The Study of English Literature" (Inaugural lecture delivered on18 October, the University of Glasgow)〔瓦特·瑞阿雷:《英国文学的研究》(1900 年 10 月 18 日，格拉斯哥大学)〕

1895 George Saintsbury, "Inaugural Address" (Delivered on 15 October by Regius Professor of Rhetoric and English Literature in the University of Edinburgh)〔乔治·圣斯伯雷:《修辞学与英国文学钦定教授就职致辞》(1895 年 10 月 15 日，爱丁堡大学)〕

1862 John Nichol, "Inaugural Lecture to the Course of English Language and Literature" (University of Glasgow)〔约翰·尼可:《英国语言及文学课程开讲辞》(格拉斯哥大学)〕

1849 A. J. Scott, "On the Academical Study of a Vernacular Literature" (Inaugural lecture delivered on 25 November, University College, London)〔A. J. 斯葛特:《论通俗文学的学术研究》(1849 年 11 月 25 日，伦敦大学学院)〕

1840 F. D. Maurice, "Introductory Lecture by the Professor of English Literature and Modern History" (delivered on 13 October, King's College, London)〔F. D. 莫里斯:《英国文学及现代史讲座教授就任讲座》(1840 年 10 月 13 日，伦敦大学英皇学院)〕

1828 Thomas Dale, "An Introductory Lecture" (Delivered on 24 October, the University of London)〔托马斯·戴尔:《英国语言及文学教授就任讲座》(1828 年 10 月 24 日，伦敦大学)〕

文学立科

——《京师大学堂章程》与“文学”

一 前言

清朝末年开办的京师大学堂，与中国现代学科规范的建立与学术发展关系极大。虽然有学者指出中国第一所新式大学是由盛宣怀（1849—1916）向朝廷奏请开办，成立于光绪二十一年（1895）的北洋大学堂；若与京师大学堂的宗旨和规模比较，这只能算是西学专科的学堂；因为京师大学堂创立的目标，正如《筹议章程》（1898）所云：“为各省之表率，万国所瞻仰。规模当极宏远，条理当极详密，不可因陋就简，有失首善体制。”其政治文化的象征意义，远远超过北洋大学堂或者其他新式学堂。

京师大学堂筹措成立的时候，传统学问正遭受强烈挑战，西学的承纳已势在必然；公共言说的重心只在于如何调和“中学”与“西学”。大学堂作为重要的国家建制，其创制规式（特别是其中课程的规划）当然反映了当时“中学”与“西学”在中国争持互动的境况。“文学”，由于其本质与民族文化的众多元素互相依存，被界定为“中学”的一部分也理所当然；然而，在现代新式大学中，这门传统的学问却又变成必不可少的一个学科。重新考察京师大学堂创设的构思过程，可以帮助我们了解“文学”在介入“中西学”的争持时，其内容和存在模式究竟遭逢了哪些考验、以何种形态出现。下文主要的考察对象正是京师大学堂创立期间先后出现的几个章程。

大学堂正式开办的初始阶段，由于种种客观原因，难以事事照章执行；然而，我们却不能把这几个章程看作“数纸虚文”而轻忽其意义。因为参与撰制章程者如梁启超（1873—1929）、张百熙（1847—1907）、张之洞（1837—1909）等，都是当世认真面对中西学问交接碰撞所引发众多问题的代表性人物；章程之立，反映他们对文化传统、学术理念，以至世变时局的全盘思考。本文所以据此尝试探讨在这个风云变色的大气候底下，“文学”如何被措置，最后进占学术体制的一个重要的位置。

二 “词章不能谓之学”——“文学”的边缘化

京师大学堂的创立章程先后共有三个，分别是《筹议京师大学堂章程》（或题《总理衙门奏拟京师大学堂章程》）、《钦定京师大学堂章程》和《奏定大学堂章程》。《筹议京师大学堂章程》是三个章程中的第一个。为配合“维新变法”，光绪帝（1871—1908）督促总理衙门积极筹办京师大学堂，光绪二十四年五月（1898年7月）总理衙门终于呈上《筹议京师大学堂章程》。这个章程是总理衙门请托于康有为（1858—1927），再交由梁启超“酌英美日之制”起草而成的。

《筹议京师大学堂章程》共七章：第一章“总纲”，第二章“学堂功课例”，第三章“学堂入学例”，第四章“学成出身例”，第五章“聘用教习例”，第六章“设官例”，第七章“经费”，第八章“新章”。整个章程只是纲领性质，不算详尽。第八章“新章”中亦声明所列“不过大概情形”，开办后还需“随时酌拟”。然而从中我们也可以看到有两点比较重要的讯息：一、以“中西并重，观其会通”为宗旨；二、在“会通”的具体调配下，“文学”的学术位置明显不重要。

（一）“中西并重，观其会通，不得偏废”

中学西学的对立和纠结互动，是晚清学术和文化的重要议题。《筹议京师大学堂章程》的草拟者梁启超，是清末维新思潮的代表人物，也是儒家经世致用传统和现代思想新方向之间的重要枢纽。以他个人的思想发展路向来说，“西学”又是一个起关键作用的元素。他在构思大学堂的课程时，自然会就自己所掌握理解的中西学术作出调度安置，以建立一个理想的教育框架。

要了解戊戌时期梁启超的学术倾向，他的《三十自述》可以作为一个讨论的起点。文中追记梁启超早年的学习生活：和当时许多传统读书人一样，他早年读书只是为了参加科举考试；沉浸于词章帖括之中，“不知天地间于帖括外，更有所谓学也”。后来他又就学于两广总督阮元（1764—1849）创立的学海堂。阮元以经学训诂和骈文有名于世，学海堂的学风当然具备这种特色；梁启超的为学倾向也有些改变，“于时流所推重之训诂词章学，颇有所知，辄沾沾自喜”。光绪十六年（1890）梁启超初会康有为以后，“决然舍去旧学”；这时他心中真正的“学”，就是康有为指导的“陆王心学”、“史学”、“西学”。随后他就学于康有为的万木草堂，学习义理之学、考据之学、经世之学、文字之学；大概“以孔学、佛学、宋明学为体，以史学、西学为用”。

光绪二十二年（1896）梁启超发表《变法通议》，其中《学校总论》批评当时的“士而不士”，而“帖括卷折考据词章之辈，于历代掌故，瞠然未有所见，于万国形势，瞢然未有所闻”；所以他一力赞成“今之言治国者，必曰仿效西法，力图富强”，又提出学校的兴办，应该“采西人之意，行中国之法，采西人之法，行中国之意”。梁启超自己的追记、总结学问经验，以至提倡新议，都不忘“西学”。当然我们不能简单地接受梁启超个人的事后忆述，以为他这时真的“决然舍去旧学”，因为不管他在言文上如何鄙夷帖括八股，毕竟他（甚或康有为）还是继续应举。梁启超在万木草堂就学以后，还分别于光绪十七年（1891）、十八年和二十一年参加会试。其中光绪二十一年会试就是康梁等人“公车上书”的时机。事实上，无论学海堂还是万木草堂，都有应科举考试的训练；学海堂的“汉学”训练和万木草堂的“史学西学”传授，在不同时段能够吸引学生来就读，固然与这些训练能够迎合时代学风有关，但这些盛行学风其实也与科举出题有微妙的互动关系，来投生徒也有不少是着眼于书院学风有助揣摩考题。康有为《桂学答问》就这样说：“应制所用，约计不过经义、策问、试帖、律赋、楷法数者。若能通经史，解辞章，博学多通，出其绪余，便可压绝流辈。”可见“经史”、“辞章”等的研习，“博学”的要求，与应举息息相关。其中关系的厘清，对我们理解《大学堂章程》中词章之学的位置安排极有帮助。

从洋务运动开始，不少人都知道西方的许多知识是救国利器，然而他们只着眼于西方的器用技术，即所谓“艺”。作为维新思潮代表人物的梁启超，深化了这种学术朝西看的倾向；他在《学校总论》中批评当时的西学教育，说：“今之同文馆、广方言馆、水师学堂、自强学堂、实学馆之类，其不能得异才何也？言艺之事多，言政与教之事少。其所谓艺者，又不过语言文字之浅、兵学之末，不务其大，不揣其本，即尽其道，所成已无几矣。”《学校余论》又说：“今日之学，当以政学为主，以艺学为附庸。”他认为要更进一步掌握西方知识，就要全方位地学习。在过去，“西学”训练只是正统教育以外的附属作业；梁启超在构思大学堂时，尝试以这个全国中央的建制，把“西学”迁移到中国当下知识结构的中心位置。然而朝廷内外还有许多

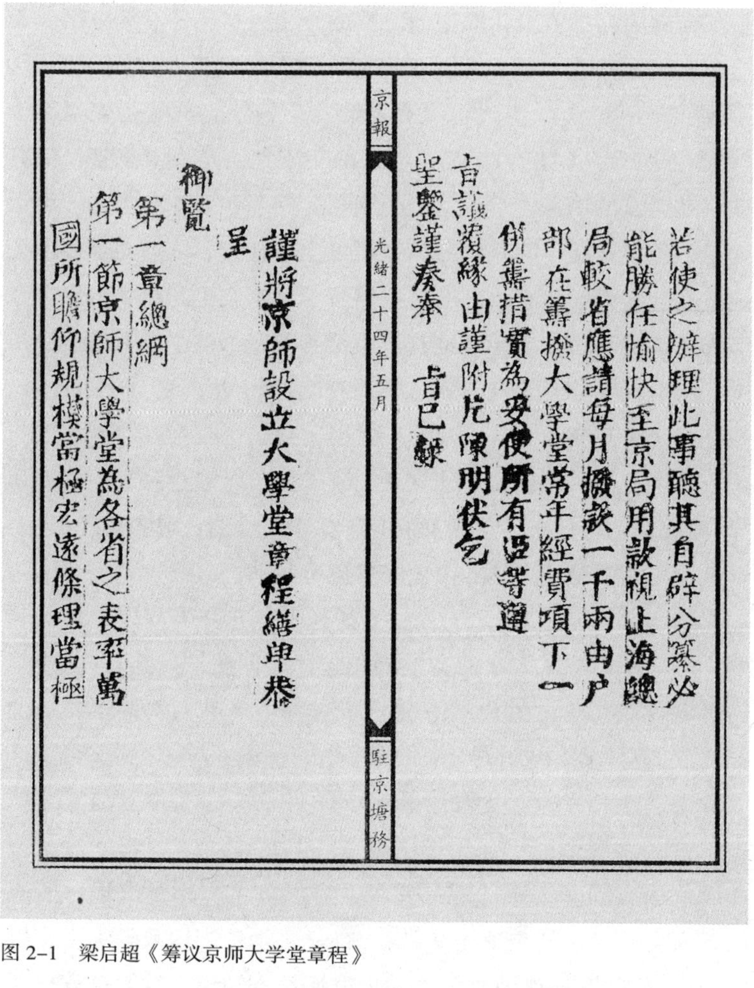

京報

若使之辦理此事聽其自辟分纂必
能勝任愉快至京局用款視上海總
局較省應請每月撥款一千兩由戶
部在籌撥大學堂常年經費項下一
併籌措實為妥便所有遵
旨議覆緣由謹附片陳明伏乞
聖鑒謹奏奉
旨已錄

光緒二十四年五月

謹將京師設立大學堂章程繕單恭
呈
御覽
第一章總綱
第一節京師大學堂為各省之表率萬
國所瞻仰規模當極宏遠條理當極

駐京塘務

图 2–1 梁启超《筹议京师大学堂章程》

思想比较保守、对“西洋习气”不满的官员；京师大学堂如何配置“中”、“西”学业，自是众目睽睽。光绪二十二年（1896），被视为维新运动帝党中人的孙家鼐（1827—1909），上奏《议复开办京师大学堂折》，特别申明：“中国五千年来，圣神相继，政教昌明，决不能如日本之舍己芸人，尽弃其学而学西法。今中国京师创立大学堂，自应以中学为主，西学为辅，中学为体，西学为用；中学有未备者，以西学补之，中学有失传者，以西学还之；以中学包罗西学，不能以西学凌驾中学。此是立学宗旨。”梁启超周旋其中，必须知所进退，有策略地进行传统学问与西来知识的结合。在他草拟的章程中，其“学堂功课例”一章的说明就非常谨慎：

> 考东西各国，无论何等学校，断未有尽舍本国之学而徒讲他国之学者；亦未有绝不通本国之学而能通他国之学者。……
>
> 夫中学体也，西学用也，二者相需，缺一不可；体用不备，安能成才？

他标举的要义之第一项，就是：

> 中西并重，观其会通，无得偏废。

当然，“中西并重”的话说来容易，在具体的操作过程中，如何从传统学术范围中作出取舍，怎样认识西方种种“政”、“艺”，正是问题的关键。光绪二十三年，即起草《筹议京师大学堂章程》之前一年，梁启超写成《湖南时务学堂学约》，分析说：“西人声光化电格算之述作，农矿工商史之纪载，岁出之以千万种计；日新月异，应接不暇。”又说：“今夫中国之书，他勿具论，即如注疏、两经解、全史、九通，及国朝掌故、官书数种、正经正史、当王之制，承学之士所宜人人共读者也。然而中寿之齿，犹惧不克卒业，风雨如晦，人寿几何？……自余群书，数倍此数，而其不能不读，与其难读之情形亦称是焉。”同年他又有《与林迪臣太守书》，对传统学问作出检讨，以为旧学中“考据”、“掌故”、“词章”三大宗，以“掌故”最为实用，“其偏重于考据、词章者，则其变而维新也极难；其偏重于掌故者，则其变而维新也极易。……今日欲储人才，必以通习中国掌故之学，知其所以然之故，而参合之于西政，以求致用者为第一等”。由此可推知《筹议京师大学堂章程》所谓“会通中西”，其目标就在“致用”；处于当前时势，传统学术追求的“经世致用”，有需要借用西学来开展；传统学问需要经历整编选汰，重新排列一个足以配合“西学”的结构。“中学”、“西学”孰轻孰重，不言而喻。

在这个结构中，所谓“文学”，或者梁启超早年所以自矜的“词章”，就要外放边陲了。《章程》的“功课”一章，最能揭示这一点。

（二）“功课”分“溥通学”和“专门学”两类，“文学”不入“专门”

《筹议京师大学堂章程》第二章“学堂功课例”根据“西国学堂”之例，“所读之书”分成“凡学生皆当通习”的“溥通学”和“每人各占一门”的“专门学”。这个“溥通”、“专门”的架构，早见于郑观应（1842—1921）的《盛世危言》的《学校》一章，当中介绍西方学制，就有“普通”、“专门”的先后阶次：“小学成后，选入中学堂，所学名类甚多，名曰‘普通学’，如国教、格致、算学、地理、史事、绘图、体操、兵队操、本国行文法、外国言语文字行文法，皆须全习。……学生中学校毕业则发给凭照，自此以后文武分途，或文或武，各听其便；习文事者入高等专门学校，习‘专门’之学。”虽然郑观应所讲的是大学以前的学习阶段，但梁启超的规划很有可能受郑说影响。他所立的《湖南时务学堂学约》中，“溥通学”的功课有四：经学、诸子学、公理学、中外史志及格算诸学之粗浅者；“专门学”有三：公法学、掌故学、格算学。并说明：

凡初入学堂六个月以前，皆治溥通学，至六个月以后，乃各认专门；既认专门之后，其溥通学仍一律并习。

这里的读书课程，先列经学、诸子学，正是由“中”入“西”；“专门学”项下有解说云：

各专门非入西人专门学堂不能大成。

由此更可见整个课程的目标和倾向，正是向西方学习。“专门学”当中仅有的一门传统“功课”是掌故学，据“读书分月课程表”所列，既要研读《周礼》、《秦会要》等传统政治制度的史籍，还要进一步研读《日本国志》、《法国律例》、《英律全书》等；这就是《与林迪臣太守书》中所说：以“中国掌故之学”，“参合之于西政”，用中学架势以承纳西学。

京师大学堂的规模，当然比时务学堂宏大，但课程编派，明显有沿袭的痕迹。《章程》声明“略依泰西、日本通行学校功课之种类，参以中学”，把“功课”分级递进；学生先以三年时间完成“溥通学”十门：

经学第一，理学第二，中外掌故第三，诸子学第四，逐级算学第五，初级格致学第六，初级政治学第七，初级地理学第八，文学第九，体操学第十。

第十一到第十五门“功课”是英、法、俄、德、日五国“语言文字学”，学生要在研读“溥通学”的同时选习其中一国语言文字。然后进修十种“专门学”的一门或两门：

> 高等算学第十六，高等格致学第十七，高等政治学第十八（法律学归此门），高等地理学第十九（测绘学归此门），农学第二十，矿学第二十一，工程学第二十二，商学第二十三，兵学第二十四，卫生学第二十五（医学归此门）。

这也是一个“由中入西”、“重西轻中”的知识架构。“中学”的重点如经学、理学、诸子学等，都编入“溥通学”之列。这种编派可以有不同的理解。一方面，我们可以说经学、理学等是所有学问的基础，因此不能说不重要；另一方面，这些“功课”一律不作专门进修学习，与政治学、地理学等的“初级”程度同列，可见其学术位置的高下。事实上“专门学”中的“功课”，全是“西学”中的“政”、“艺”范围，属于思想文化门类的知识，无论中西，似乎都不暇深究。

再看“溥通学”中的第九门的“文学”，仅排在“体操学第十”之前。我们可以猜想：这样的排列有没有“九儒十丐”的味道？什么是“文学”，章程未见说明。“体操”一项，后来变得很时髦，但在梁启超心中大概并不怎么“学术”；他为各种“溥通学”都立有“功课书”，而“体操学”独无。另外我们还可以参考光绪二十五年四月（1899 年 5 月）孙家鼐的《奏陈大学堂整顿情形折》，当中提道：“体操一事，原恐学生伏案太苦，俾之流通血气，洋人每好以此却病。”所以我们不能光凭章程中的“学”字，就误以为是一门探求专项知识的学科。

要理解“文学”的学术成分，我们可以参看梁启超同撰于光绪二十三年的两个教学章程。先是《湖南时务学堂学约》。这份学约罗列条例十则：其标题分别是“立志”、“养心”、“治身”、“读书”、“穷理”、“学文”、“乐群”、“摄生”、“经世”、“传教”。再而是《万木草堂小学学记》，分列八项：“立志”、“养心”、“读书”、“穷理”、“经世”、“传教”、“学文”、“卫生”。

这两个章程揭示的教育架构从个人心志的修为出发，而以经世传教为最终目标；其中与智力教育最为相关的，显然是“读书”和“穷理”两项，二者都以“西学”为关键，以“实用”为准的；至于“文”与“学”的关系，我们得仔细审察两个章程的“学文”一项。《湖南时务学堂学约》说：

> 《传》曰：“言之无文，行而不远。”学者以觉天下为任，则文未能舍弃也。传世之文，或务渊懿古茂，或务沉博绝丽，或务瑰奇，无之不可。觉世之文，则“辞达而已矣”；当以条理细备，词笔锐达为上，不必求工也。温公曰：“一自命为文人，无足观矣。”苟学无心得而欲以文传，亦足羞也。学文之功课，每月应课卷一次。

“言之无文，行而不远”和“辞达而已矣”两句，向来是中国古代文论中最常征用的话。其言正好辩证地规划了为文的两个方向：一是语言的运用应该富有文采；另一是言辞以达意为目标，不必求工。然而，不管重点在哪一端，这两句话的指向都在于“致用”——“言”之“行”、“辞”之“达”。在梁启超看来，“文”就在“致用”的大方向之下，成为“学”的辅佐工具，但“文”却不是“学”，更无独立的价值；这个观点在《万木草堂小学学记·学文》中有更清楚的表述：

> 词章不能谓之学也。虽然，“言之无文，行之而不远”；说理论事，务求透达，亦当厝意。若夫骈俪之章，歌

> 曲之作，以娱魂性，偶一为之，毋令溺志。西文西语，亦附此门。

“文”只是应用的工具，“说理论事”才是目的。在致用范畴以外的“骈俪之章”、“歌曲之作”，便是需要警惕、小心面对的高危物品。在同篇《读书》一则，他又说：

> 今之方领矩步者，无不以读书自命，然下焉者溺帖括，中焉者骛词章，上焉者困考据。劳而无功，博而寡要，徒斲人才，无补道术。今之读书，当扫除莽榛，标举大义，专求致用，靡取骈枝。

词章与帖括、考据都是无用多余的“骈枝”。他承认“文”对人的心志有作用力量，但这种作用似是阴柔的祸水，足以使人沉迷陷溺。

事实上，在晚清救亡求变的言论中，此说并不罕见；稍前胡聘之等《请变通书院章程并课天算格致等学折》所说：“查近日书院之弊，或空谈讲学，或溺志词章，既皆无裨实用”，就是典型的例子。故此，梁启超取舍的态度不难理解；但更值得注意的是他这番论述的另一个判断：把“文”（或者“词章”）的学习限定在“创作”的领域，而不认为当中有足以构成“学”的条件（“不能谓之学”）。此所以“学文”一则，列在“读书”、“穷理”之外；此所以“学者”要与“文人”划清界线。

《筹议京师大学堂章程》中《总纲》一章提到“功课书”时，就清楚指出：“今宜在上海等处开一编译局，取各种普通学，尽人所当习者，悉编为功课书。……其言中学者，荟萃经、子、史之精要，及与时务相关者编成之。”传统著述以经、史、子、集四部分流，这里单单不提集部；可见《筹议章程》并没有给“集部之学”一个重要的位置。

至于“溥通学”中所谓“文学”，其具体的指涉又是什么呢？我们可以从梁启超的万木草堂经验说起。康有为在万木草堂的讲学课程，据梁启超《南海先生传》（1901）追记，其“学科”分“义理之学”、“考据之学”、“经世之学”、“文字之学”四类，而每类各有统属：“义理之学”包括孔学、佛学、周秦诸子学、宋明学、泰西哲学；“考据之学”包括中国经学史学、万国史学、地理学、数学、格致学；“经世之学”包括政治原理学、中国政治沿革得失、万国政治沿革得失、政治实用学、群学；而“文字之学”下赅“中国词章学”和“外国语言文字学”二门。

万木草堂的实际课程是否如梁启超所描述的细致完备，其实颇有可疑。复核康有为《长兴学记》的记载，其“学目”只有标题而无细项；梁启超所记的“文字之学”在康有为笔下径作“词章之学”；看来“外国语言文字学”有没有真的讲授，还在未知之数。梁启超所记述的纲目可能只是他自己对学问分科的一种构想。然而，我们可以先借此推敲当时习用的“文学”、“文字之学”、“语言文字学”和“词章之学”几个概念在这个脉络下的意义。最基础的语言学习可以称作“语言文字学”；“词章”则是比较高层次的语文运用。以万木草堂的学生而言，于中国语文已有相当的能力，所以要学“词章”；而外语却未有基础，故学外国之“语言文字学”。梁启超以“文字之学”统括语言文字的初阶认识，以至词章体格的学习；而“文字之学”也可以简称为“文学”，因为文学是以文字为起始点所开出的概念。稍前孙家鼐在《议复开办京师大学堂折》（1896）提到分科的问题时曾举列“文学科”，并以“各国语言文字”附于“文学科”之下，也是基于类似的理解。依此推论，《筹议京师大学堂章程》“溥通学”中的“文学”，对大学堂的学生而言，应该不是最基础的语言文字学习，而是偏指较高层次的“词章”；英、法、俄、德、日五种外语的学习才会以“语言文字学”称之。

我们或者有兴趣深究，《筹议京师大学堂章程》中的“文学”或者“词章”，是写作训练还是文学知识的讲授呢？《章程》之内并没有任何说明，我们不容易找到明确的答案。可知的是，康有为在万木草堂讲授“词章”之学，肯定包括文学源流的知识传授。现在流传的几本万木草堂的讲学笔记，如《康南海先生讲学记》、《万木草堂口说》、《南海师承记》、《万木草堂讲义》等，都有文学源流的讲授记录。然而，梁启超在这个时期的“实用主义”思想非常强烈；他拟定的《章程》中把“词章”的学术思辨成分排除掉，而只以应用写作为念，也是极有可能的。

（三） 构思与实践

《筹议京师大学堂章程》在“百日维新”期间的光绪二十四年五月（1898年7月）上呈，得到德宗的认许，派孙家鼐为管学大臣，负责筹办事宜。同年八月（9月）发生“戊戌政变”，慈禧太后（1835—1908）重掌政权，新政尽废，只有京师大学堂的构设可以保存。十月（11月）京师大学堂出告示招收学生，十二月（1899年1月）正式开学。在筹划过程中，孙家鼐曾经就《大学堂章程》作出若干修订的建议，值得注意的是有关学科的“变通”：

> 查原奏〔按：指《筹议京师大学堂章程》〕普通学十门，按日分课。然门类太多，中才以下断难兼顾。拟每门各立子目，仿专经之例，多寡听人自认。至理学可并入经学一门；诸子、文学皆不必专立一门，子书有关政治经济者附入专门，听其择读。

在梁启超原来的构想中，京师大学堂因为未有中小学堂的支持，只好把不同学习阶段的课程浓缩合并；“溥通学”的设立，其部分用意是追补中学堂所应修习的知识以及其他基础训练。然而孙家鼐从实际操作来考虑，就觉得这十门必修的基础科目太繁重，“门类太多，中才以下断难兼顾”，于是提出归并减省，甚至“必修”改成“选修”，其中“文学”一门，就不知编派到哪里去了。

然而，无论设计如何周密，还是要正式推行才知是否真能实施。京师大学堂正式开办以后，究竟如何上课，现存资料不多。在开学之初，大学堂公布正式的“规条”，其中有几点有助于我们理解当时的甄选和学习的情况。首先我们注意到“科举”主导的学习方式，在京师大学堂的新制式之内，仍占有一个重要位置。因为报名入学的学生，如果未经科举选拔，就要先行甄别；据光绪二十四年十二月（1899 年 1 月）颁布的《京师大学堂规条》：

> 凡非正途出身，应考验其文理，以定去留。……由管学大臣出题，分制艺策论，听作一艺即为完卷，如未经开笔，令默写经书一段，约以百余字为率，不错不落即为完卷。

入学以后，又有“月课”：

> 每月考课拟就西学放假之日，分制艺试帖为一课，策论为一课，一月两课，由管学大臣、总教习出题。

虽然大学堂创设的宗旨是“汇通”中学与西学，其课程编派也包括“早习中文，午习西学”，但旧习仍在，如孙家鼐《奏陈大学堂整顿情形折》所说的“并未薄弃举业”。照喻长霖《京师大学堂沿革略》（1898—1901）的记述，初期的学习情况是这样的：

> （光绪二十四年，1898）十一月开学，学生不及百人，……兢兢以圣经理学诏学者，日悬《近思录》、朱子《小

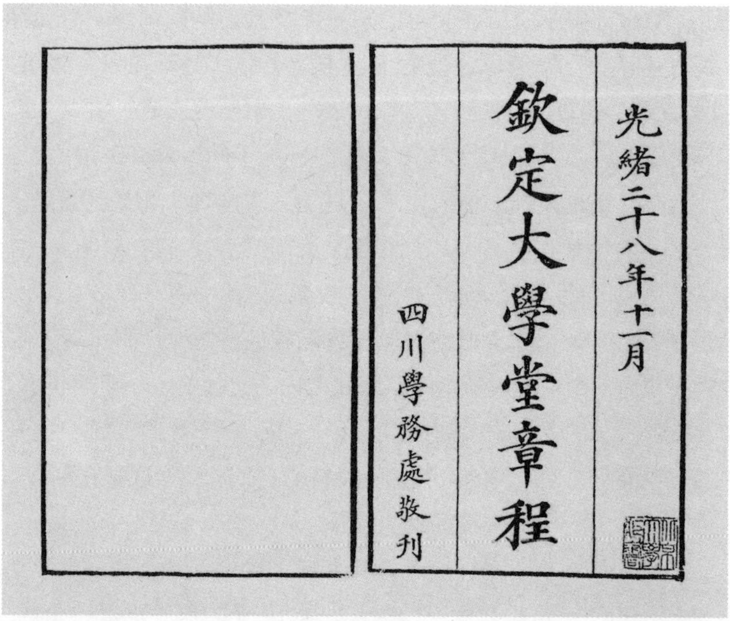
光緒二十八年十一月

欽定大學堂章程

四川學務處敬刊

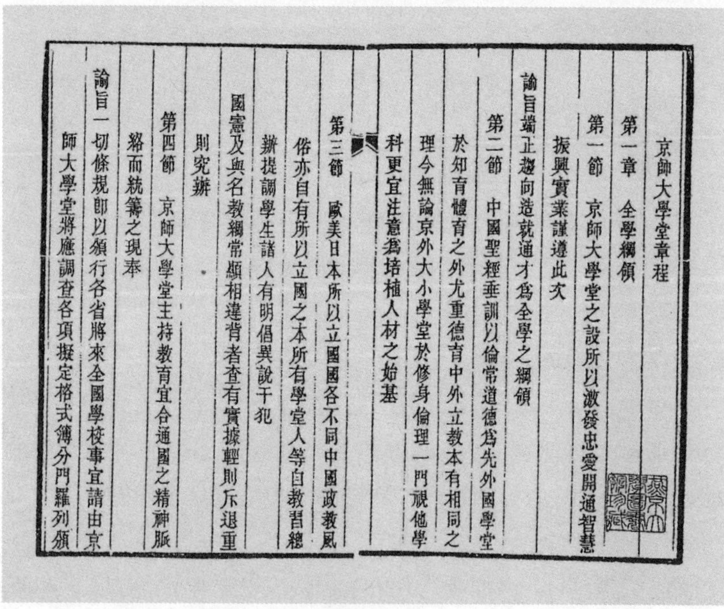
京師大學堂章程

第一章　全學綱領

第一節　京師大學堂之設所以激發忠愛開通智慧振興實業謹遵此次
諭旨端正趨向造就通才爲全學之綱領

第二節　中國聖經垂訓以倫常道德爲先外國學堂於知育體育之外尤重德育中外立教本有相同之理今無論京外大小學堂於修身倫理一門視他學科更宜注意爲培植人材之始基

第三節　歐美日本所以立國國各不同中國政教風俗亦自有所以立國之本所有學堂人等自教習總辦提調學生諸人有明倡異說干犯
國憲及與名教綱常顯相違背者查有實據輕則斥退重則究辦

第四節　京師大學堂主持教育宜合通國之精神脈絡而統籌之現奉
諭旨一切條規即以頒行各省將來全國學校事宜請由京師大學堂將應調查各項擬定格式簿分門羅列頒

图 2–2　张百熙《钦定京师大学堂章程》

学》二书以为的。……已亥（1899）秋，学生招徕渐多，将近二百人。……大学堂虽设，不过略存体制；士子虽稍习科学，大都手制艺一编，占毕咿唔，求获科第而已。

由此看来，这时的"词章"之学，大概要让位于帖括专门，而未必有机会发展成一门具备独立体系的思辨学问。《京师大学堂规条》中有一条，特别声明"记诵辞章不足为学"，大概因为主事人虽不敢"薄弃举业文辞"，却不认为这些辞章练习除了作为敲门砖之外，还有什么真正的学术价值。

光绪二十六年六月（1900年7月）京师大学堂因义和团事停办。直到光绪二十七年十二月（1902年1月）慈禧太后命张百熙负责京师大学堂的恢复工作，从此京师大学堂的建设步入第二阶段。

三 "大学堂设文学专科"："文学研究"渐见规模

戊戌时期的《筹议京师大学堂章程》事属草创，只粗具规模，其细节规划颇为混乱。入学的生员水平不齐，年纪参差；又兼容小学堂、中学堂、仕学院等不同程度的课程，原来的《大学堂章程》根本未能全面照顾。张百熙受命为管学大臣后，延聘吴汝纶（1840—1903）为大学堂总教习。吴汝纶为了京师大学堂的重新筹划，特别东访日本，用心考察当地的教育政策和制度。张百熙与属员则以半年时间，在光绪二十八年七月（1902年8月）拟定新的《京师大学堂章程》和《考选入学章程》，以及为各省推行各级教育而设的《高等学堂章程》、《中学堂章程》、《小学堂章程》、《蒙学堂章程》；并获慈禧太后接纳，以"钦定"的名义颁行。

这是近代中国“第一次以政府名义颁布规定的完整学制”，时称“壬寅学制”。

《钦定京师大学堂章程》共八章：第一章“全学纲领”，第二章“功课”，第三章“学生入学”，第四章“学生出身”，第五章“设官”，第六章“聘用教习”，第七章“堂规”，第八章“建置”。其中“全学纲领”第一节，特别声明：

> 京师大学堂之设，所以激发忠爱，开通智慧，振兴实业；谨遵此次谕旨，端正趋向，造就通才，为全学纲领。

在戊戌政变、八国联军以后，张百熙重订学制以“忠爱”观念先行，是可以理解的。然而值得注意的是，他在紧随的第二节赶忙交代，说明重视传统道德其实与外国的教育方式无异：

> 中国圣经垂训，以伦常道德为先；外国学堂于知育体育之外，尤重德育，中外立教本有相同之理。今无论京外大小学堂，于修身伦理一门视他学科更宜注意，为培植人材之始基。

及至第三节又回头说：

> 欧美日本所以立国，国各不同，中国政教风俗亦自有所以立国之本；所有学堂人等，自教习、总办、提调、学生诸人，有明倡异说，干犯国宪，及与名教纲常显相违背者，查有实据，轻则斥逐，重则究办。

这种借外力来肯定自我价值的做法，以及忧虑外骛的力量难以驾驭的想法，显示出当其时无论踏出的是改革的还是守旧的步履，都有许多牵扯的力量在背后争持。

基本上，张百熙主持京师大学堂也是以“致用”为先。他在《进呈学堂章程折》提出他的想法：

> 值智力并世之争，朝廷以更新之故而求之人才，以求才之故而本之学校，则不能不节取欧美日之成法，以佐我国二千余年旧制，固时势使然。

然而这种务实的态度，也不一定赢得朝野各方力量的支持。尤其保守派不满他用人的方针，批评他喜用新进，交章参劾；加上大学堂内学生的纪律不佳，又招来不少批评。光绪二十八年十二月（1903年1月）张百熙特向大学堂发出《为学生在堂应谨饬修身勿得浮浪事晓谕》，以儆省学生。一个月后，慈禧太后加派蒙古族人刑部尚书荣庆（光绪十二年〔1886〕进士）“会同管理大学堂”，往后的情况正如《清史稿·荣庆传》所云：“百熙一意更新，荣庆时以旧学调济之。”

张百熙知道不能尽意行事，于是向慈禧建议调请“当今第一通晓学务”的张之洞会同商办京师大学堂事宜，得到批准。张之洞应命与张百熙、荣庆主持重订学堂章程，于光绪二十九年十一月（1904年1月）奏上《学务纲要》、《大学堂章程》，以至各级学堂、实业学堂、师范学堂、蒙养院及家庭教育等章程二十份，由慈禧太后授命颁行，称为“奏定章程”，并陆续推行，时称“癸卯学制”。

《奏定大学堂章程》分：“立学总义章第一”、“各分科大学科目章第二”、“考录入学章第三”、“屋场、图书、器具章第四”、“教员、管理员章第五”、“通儒院章第六”、“京师大学堂现在办法章第七”等共七章。

一般认为《奏定章程》比《钦定章程》保守，张之洞的思想与洋务派接近，而远于维新派的主张；相对而言，张百熙曾保举康有为，其思想比较开放。然而正如上文所说，我们可以从三份《京师大学堂章程》看到当时知识体系中的新学旧学，与政治势力的改革与保守，甚至改革的"开民智"与"兴实业"，旧学的"桐城义法"与"读经存古"，各种不同方向的力量互相牵扯，其间的结构复杂多端；如果仅以其中的表象修辞来测度，就难得端倪。比方说：在严复眼中，《筹议大学堂章程》之所以如此规划，是因为梁启超"有意求容悦于寿州〔孙家鼐〕南皮〔张之洞〕"；张百熙所拟的《钦定京师大学堂章程》，其首要纲领有"激发忠爱，开通智慧，振兴实业"等语，分明来自张之洞《劝学篇·同心篇第一》："今日时局，惟以激发忠爱，讲求富强，尊朝庭，卫社稷为第一义。"看来张之洞是宣扬"忠爱"的重要人物。然而，他主持的《奏定大学堂章程》的第一章"立学总义"却没有这些高调的话语，只说"端正趋向，造就通才"，以务实的语言描述学制。当然，我们仍然可以在相关章程的《学务总纲》见到："此次遵旨修改各学堂章程，以忠孝为敷教之本，以礼法为训俗之方，以练习艺能为致用治生之具。其宗旨与上年大学堂原定章程本无歧异。"但这些高调安插在各级学堂的"总纲"而不在《大学堂章程》之内，其间微妙之处，就在于将"大学堂"专主学术知识之功能"前景化"，其意识形态的调控则退居背景的地位。这一点下文讨论大学堂"经学科"之立时，再有讨论。

以下我们将讨论《钦定》和《奏定》两份京师大学堂章程的课程结构，再据此探讨"文学"或者"词章"的学科位置和内容。

（一） 大学堂的学术架构

《钦定京师大学堂章程》设定的学术架构，较草创雏形的《筹议章程》来得清晰。最高是"主研究不主讲授"的"大学院"，不立课程。以下是"大学专门分科"，其下是"预备科"；同时附设“仕学馆”、“师范馆”。“预备科”之立，正如张百熙在《奏筹办大学堂大概情形折》的解释：“目前并无应入大学肄业之学生，而各省开办需时，又不知何年而学堂可一律办齐，又何年而学生方能次第卒业。通融办法，惟有暂且不设专门，先立一高等学堂，功课略仿日本之意，以此项学堂造就学生为大学之预备科。”这个考虑与《筹议章程》设立“溥通学”的想法可谓相同。但照张百熙的构想，这种安排还应付不了当前的人才需求，因此他又建议设立“速成科”，分仕学馆、师范馆两门，尽快造就一班可用之才。因为事有缓急，这份《钦定章程》于未及开办的“大学专门分科”，所论就非常简略，而于“预备科”和“速成科”的课程才有比较详细的描述。

《奏定大学堂章程》所拟的学术架构，大致与《钦定章程》相同。原来最高层级的“大学院”改称“通儒院”，是“研究各科学精深义蕴，以备著书、制器之所”，“无课堂功课”。以下“分科大学堂”，是“教授各科学理法，俾将来可施诸实用之所”。又因为“分科大学，现尚无合格学生”，所以“先设预备科，其教科课目程度，应按照现定高等学堂章程照办”。另外还保持“师范馆”、“仕学馆”，稍后再加“进士馆”；《大学堂章程》声明在分科大学成立以后，“师范”、“仕学”等均独立自为一学堂。简言之，按照《钦定》和《奏定》两份章程的设计，大学堂的基本架构是：通儒院（或大学院）、分科大学（或大学专门分科）、预备科的三级制。

（二） 大学分科与“文学科”

大学堂的分科观念，来自西方和师法西方的日本。康有为《请开学校折》所说“远法德国，近采日本，以定学制”，是当时教育改革的主流意见。然而时人对德国的理解并不深刻。有关德国学制介绍，影响较大的是同治十二年（1873）德国传教士花之安（Ernst Faber, 1839—1899）的《德国学校论略》（又题《西国学校》）。其中记载的"太学院"就是德国的大学，"院内学问分四种：一、经学，二、法学，三、智学，四、医学"；所谓"经学"现在称作"神学"，而"智学"就是"哲学"，也是"人文学"。事实上，从18到19世纪，德国大学设科基本上没有超出这个范围。但这个四分的模式，并没有直接影响中国大学的分科制度。其时德国模式的影响，重点反而在李善兰《德国学校论略序》所讲的"无地无学，无事非学，无人不学"，以及"四民之业，无不有学"的实用主张。更具体的规划，则以东邻日本的影响较大。例如郑观应《盛世危言》的早期版本卷一《学校》一篇，讨论泰西学校规制，称赞"德国尤为明备"之下，大量节录花之安《西国学校》的介绍；但在《盛世危言》较后期的版本中，《学校》篇增订为上下两篇，就删掉不少花之安的文字，改而大讲日本学制。由此可以推想当时舆论焦点，已偏重较易访知的日本学制，多于欧洲远方的德国形式。虽然说，日本学制以1886年《帝国大学令》等学制法令为代表的精神，是德国整体教育重技术实用之一面的模仿；康有为等的建议，看来就是透过学习日本以模仿德国；但究之，德日之间的大学教育的理想不能完全等同，尤其德国大学以"*Wissenschaft*"（"科学"，或曰"学理"）为理想，把工程技术以至"实业教育"置于大学系统以外的模式，就与日本不同。京师大学堂的国外参照，主要还是"近采日本"。

在倡议阶段，京师大学堂已经以日本的大学分科制度为学习楷模。光绪二十二年（1896），孙家鼐《议复开办京师大学堂折》提出"学问宜分科也"，以为"不立专门，终无心得"；于是建议分立十科：天学科、地学科、道学科、政学科、文学科、武学科、农学科、工学科、商学科、医学科。到梁启超草拟《筹议大学堂章程》时，把湖南时务学堂的规格引入，变成先不分科，学生共同修习若干"溥通学"科目，其后才各选"专门"。正如上文所论，梁启超的“专门学”基本上只限于“西学”中的“政”、“艺”的讲习，比孙家鼐构想的分科范围还要狭窄。可惜孙家鼐并没有进一步说明各科的内容，只在各科之后补充附属的科例，例如“道学科，各教源流附焉”，“文学科，各国语言文字附焉”。据此我们只能猜度孙家鼐设想的“文学科”，大概以“语言文字”的相关知识为中心。

其后张百熙受命主持京师大学堂的恢复工作，奏请吴汝纶以总教习的身份到日本考察学务。经过实地的考察，吴氏写成《东游丛录》，详细介绍日本帝国大学的分科系统；指出帝国大学下分法科大学、医科大学、工科大学、文科大学、理科大学、农科大学六科。吴汝纶虽然没有直接参与《钦定章程》的编定，但他一直向张百熙提供意见。在此以前，介绍日本大学学制而述及分科模式的，先有姚锡光《东瀛学校举概》(1898)；继而有夏偕复《学校刍言》(1901)。稍后在罗振玉主编的《教育世界》中还有日本《帝国大学令》的翻译。由是，张百熙等人对日本学制的认识较深，可以倚仗为《钦定大学堂章程》的蓝本。《章程》中“功课”章亦声明“今略仿日本例，定为大纲”：

> 政治科第一，文学科第二，格致科第三，农业科第四，工艺科第五，商务科第六，医术科第七。

对照吴汝纶《东游丛录》所载“帝国大学”的“学科课程表”，我们发现《钦定章程》只增加了“商务科”一种，其余政治、文学、格致、农、工艺、医术，相当于日本的法、文、理、农、工、医六科；除文学科以外，其他各科以下所再分的“门目”，二者亦基本相同。可见张百熙等编拟《章程》时，基本上以日本“课程表”为临摹的本子。然而，二者相同虽多，其间也不乏相异之处；而正是这些相异的地方，透露了《钦定章程》隐含的思想和态度。

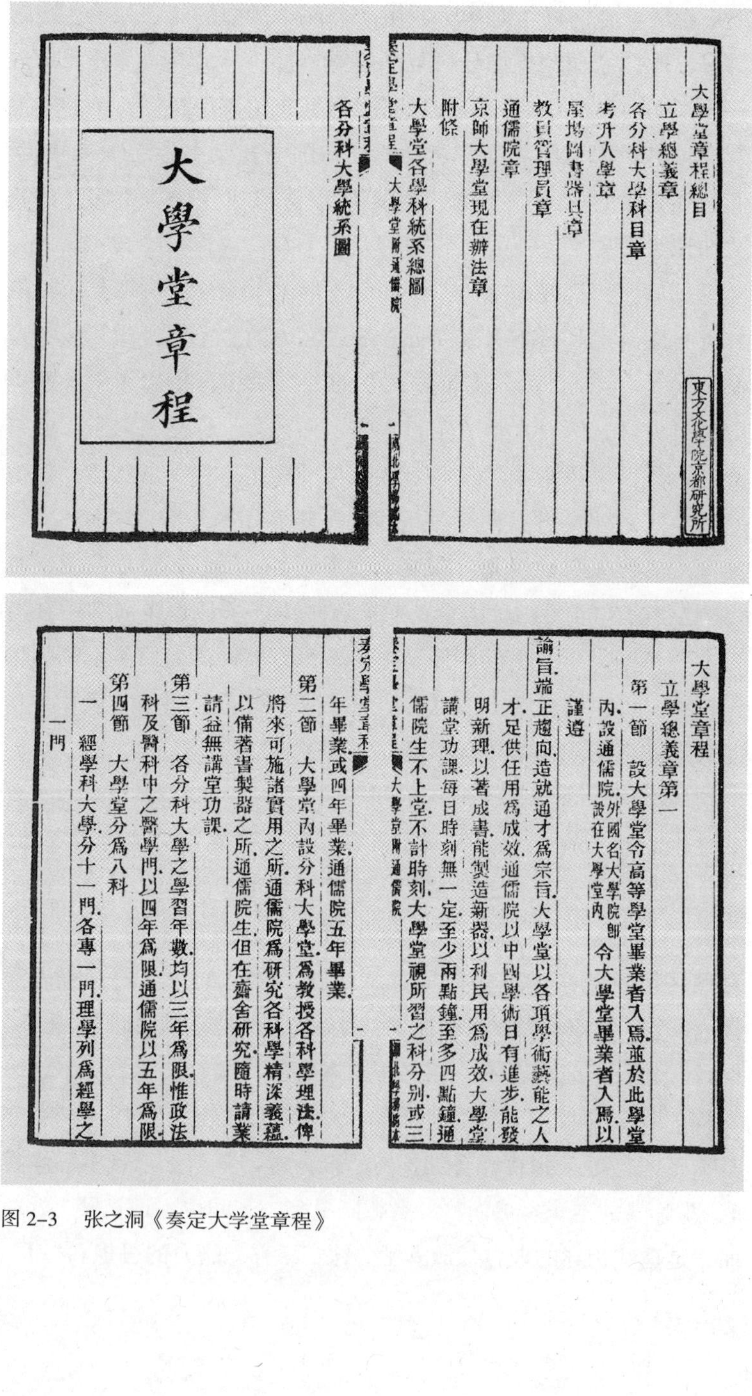
大學堂章程總目

立學總義章

各分科大學科目章

考升入學章

屋場圖書器具章

教員管理員章

通儒院章

京師大學堂現在辦法章

附條

大學堂各學科統系總圖

奏定學堂章程 大學堂附通儒院

大學堂章程

各分科大學統系圖

大學堂章程

立學總義章第一

第一節 設大學堂令高等學堂畢業者入焉.並於此學堂內設通儒院.外國名大學院 設在大學堂內 令大學堂畢業者入焉.以

謹遵

諭旨.端正趨向.造就通才爲宗旨.大學堂以各項學術藝能之人才.足供任用爲成效.通儒院以中國學術日有進步.能發明新理.以著成書.能製造新器.以利民用爲成效.大學堂講堂功課每日時刻無一定.至少兩點鐘.至多四點鐘.通儒院生不上堂.不計時刻.大學堂視所習之科分別或三

奏定學堂章程 大學堂附通儒院

年畢業.或四年畢業.通儒院五年畢業.

第二節 大學堂內設分科大學堂.爲教授各科學理法.俾將來可施諸實用之所.通儒院爲研究各科學精深義蘊.以備著書製器之所.通儒院生但在齋舍研究.隨時請業請益.無講堂功課.

第三節 各分科大學之學習年數.均以三年爲限.惟政法科及醫科中之醫學門.以四年爲限.通儒院以五年爲限.

第四節 大學堂分爲八科

一 經學科大學分十一門.各專一門.理學列爲經學之

一門

图 2-3 张之洞《奏定大学堂章程》

先是次序的变易。帝国大学学制以法科、医科和工科先行，有其特殊的理由。因为其时日本的大学教育以应用知识为重点，为政府培养文官也是其中一项要务。《钦定章程》中，政治科仍然先行，但文学科却移到前面。这一点大概是“中学为体”之理想在学制现代化过程中节节败退之际，张百熙等唯一可以稍稍展示的坚持。事实上，以“文学科”为“中学”象征的想法，在与日本大学课程的相关内容对照时，更加清晰。帝国大学课程中“文学科”下设：

> 第一哲学科，第二国文学科，第三汉学科，第四国史科，第五史学科，第六言语学科，第七英文学科，第八独逸文学科，第九佛兰西文学科。

大致可以简括为文、史、哲，以及外国文学的学习。至于《钦定大学堂章程》中的“文学科”门目是：

> 一曰经学，二曰史学，三曰理学，四曰诸子学，五曰掌故学，六曰词章学，七曰外国语言文字学。

正如上文所说，“文学科”相当于日本的“文科”，这是较广泛的观念，其下另有“词章学”，好比日本“文科”之下另有“国文学科”等，其指涉范围相对比较狭窄。再细观之，帝国大学章程显示出西方现代学科的色彩较重，而《钦定章程》的“文学科”则成为整个课程的“致用”结构中，“中学”所能退守的最后堡垒；几乎所有“中学”的内容，都安排在这个分科之内。我们所关注的“词章学”，也在这个大范围中找到了安顿的位置。

由张之洞主导的《奏定大学堂章程》在分科的问题上，基本上沿袭《钦定章程》的日本模式；只是由原来的七种分科，再增加“经学”一科，即是：

一、经学科大学，分十一门，各专一门，理学列为经学之一门；二、政法科大学，分二门，各专一门；三、文学科大学，分九门，各专一门；四、医科大学，分二门，各专一门；五、格致科大学，分六门，各专一门；六、农科大学，分四门，各专一门；七、工科大学，分九门，各专一门；八、商科大学，分三门，各专一门。

“文学科大学”也是广义的，近似西方学制的“文学院”（Faculty of Arts）或者“人文学院”（Faculty of Humanities），可苞综文史哲；“中国文学门”犹如现代的中国文学系，所取的是相对狭义的“语言文学”观念；下一节我们会就章程中“文学”的广狭义作进一步析论。在《奏定章程》中，张之洞在此把原来《钦定章程》“文学科”中的“经学”一门，独立为“分科大学”之一，置于各科之前，其尊经的意味非常浓厚。不少教育史研究者都认为这是张之洞教育思想的保守一面的表现。事实上，我们不能否认在张之洞的思想中，“尊经”观念根深蒂固，而且与维护王权的“纲常”观念直接相关；这也是他一向主张的“中体西用”说中“中体”部分的基本教义。在“中学”的传统中，经学的位置一直居高不下，譬如康有为、梁启超在倡议维新的时候，也强调首要读经，梁启超《万木草堂小学学记》的“读书”一则说：

今之读书，当扫除莽榛，标举大义；专求致用，靡取骈枝。正经正史、先秦诸子、西来群学，凡此数端，分日讲习。

《筹议大学堂章程》也非议当时各省学堂之学生，“义理之学全不讲究，经史掌故未尝厝心”，提出要就“中学”编成“功课书”：“荟萃经、子、史之精要，及与时务相关者编成之。”

同是重视读经，但康、梁的思考方向却与张之洞不同，前者重“变”，后者重“常”。前者《筹议大学堂章程》的重点是：“通本国之学”，以“通他国之学”；后者《奏定章程》则说：“读经以存圣教”，不读经书，则三纲五常绝，“中国必不能立国”。这一点又可以从二者对“诸子学”的不同见解看到。康、梁等以诸子学开拓思辨的空间，对经书中的义理也进行类似的驰想；梁启超后来在《中国近三百年学术史》追记这种风气说：“晚清‘先秦诸子学’之复活，实为思想解放一大关键。”可是张之洞《劝学篇》中《宗经》一篇谓“诸子驳杂”、“害政害事”，若要兼读诸子，“当以经义权衡而节取之”；又说：“光绪以来，学人尤喜治周秦诸子，其流弊恐非好学诸君子所及料者。”所以原来《钦定大学堂章程》中“文学科”本有“诸子学”一目，《奏定大学堂章程》则径行删去；只在“经学科大学”的“理学门”下设“周秦诸子学派”一科，“以诸子证理学”。可见张之洞于“中学”以守常为要务。

“经学科大学”之立，曾受到王国维的批评。王国维于《奏定经学科大学文学科大学章程书后》（1906）指出“经学”并非宗教，而是学说，应该与“理学”同归入“文学科”之内加以研究（这“文学科”也是广义的）；他又认为学术研究应该不计功利，不必“限于物质的、应用的科学”，建议文学科各门均需修习哲学。王国维的理念，与德国大学自康德以还，尊尚“哲学”或“人文学”，以“*Wissenschaft*”为教育目标的思潮相近。这种思想，对于以“致用”为立学急务的传统士大夫而言，可能太过前卫。有关“哲学”是否适宜在学校设科的问题，在当时更是个敏感的课题，就守旧派人士眼中，这是“民权”与“自由”之别名。张之洞也是反对立“哲学科”的代表人物之一；光绪二十八年（1902）张之洞上《筹定学堂规模次第兴办折》，当中“防流弊”一则就说“不可讲泰西哲学”，以为“中国圣经贤传，无理不包；学堂之中，岂可舍四千年之实理而骛数万里外之空谈哉”？

然而，若果我们细阅《奏定章程》的具体安排，就可以见到张之洞也明白“尊经”这种传统的道德要求，与现代大学着重知识生产的学术研究，不应混为一谈。他在《奏定章程》的《学务纲要》中，对“读经”有详细的解说：“读经以存圣教”，主要在中小学堂进行，目的是“定其心性，正其本源”，而且声明“日课无多”，“不妨碍西学”；至于大学堂、通儒院则“以精深经学列为专科，听人自择，并非以此督责众人”。言下之意是，大学堂以上的“经学”研习，重点不在于个人德行的修持，而在于“博考古今之疏解，研究精深之义蕴”；并以经书为“古学之最可宝者”，加以“保存”。

不难发觉，《奏定章程》虽然强调“尊经”，但主要建立在防卫心理机制之上，因为西方现代的学术内容和形式都已经占有压倒性的优势。故此，《章程》中多番申明读经“无碍讲习西学”；又要借西方架势来支持各种安排，例如说：“外国学堂有宗教一门，中国之经书，即是中国之宗教”；“西国最重保存古学，亦系归专门者自行研究”，中国“古学之最可宝者无过于经书”，所以大学堂、通儒院要能“存古学”。换句话说，在大学堂以上的“尊经”，只是“学识”上的钻研；在《章程》中的最前列位置，只是名义上、形式上的尊崇，在学术本质上并不能加添其中的分量。

就在这个“西学”主导的脉络底下，被定位为“中学”的“词章之学”，只能在危机意识之下求存。以下我们可以进一步探讨“词章之学”以至“文学”如何在京师大学堂的学科系统中定位。

（三）作为“词章学”的“文学”

《钦定京师大学堂章程》中大学分科有七，其中“文学科”下设：经学、史学、理学、诸子学、掌故学、词章学、外国语言文字学等七门；除最后的“外国语言文字学”之外，其他各门几乎就是“中学”的全部，或者可以说是现代学制中“西学”各学科所未易吸纳的传统学问。以“文学”一词涵括广泛的知识类别，在当时知识分子的意识中并不罕见。例如初刊于光绪十年（1884）的郑观应《盛世危言》，其中《考试》下篇建议取士可分“文学科”和“武学科”，“文学科”之下再分六科：“文学科”、“政事科”、“言语科”、“格致科”、“艺学科”、“杂学科”。作为两项总纲之一的“文学科”，基本上把军事以外的文化工艺等学识都包罗其中，是极广义的应用；至于其下第二个层次的“文学科”则采狭义，专指“诗赋章奏笺启之类”，大概都与文字的运用有关；至于“言语科”则另指外语及相关的对外交涉，与中国的词章文学无关。《钦定京师大学堂章程》的“文学科”比《盛世危言》的广义“文学”稍稍收窄一点，“政治”、“格致”、“工艺”等都排除在外；而“文学科”之下的“词章学”则相当于《盛世危言》第二层次的狭义“文学”；可惜《钦定章程》以分科大学一时未及开办，没有把详细课程写定，若要准确掌握“词章学”的定位和本质，还需要更多的线索。

《钦定章程》中还包括“预备科”以至其他等级的课程设计。或者我们可以根据相关的科目说明作出推敲。

《钦定章程》规定小学分成“寻常小学堂”和“高等小学堂”两级。“寻常小学堂”有“作文”课，学习联句成文；“高等小学堂”除“作文”外，还有“读古文词”课，读记事文、说理文、词赋诗歌等。“中学堂”则有“词章”课，学写记事、说理之文，以至章奏、传记诸体文，以及词赋、诗歌诸体。再到“高等中学堂”（课程等同“大学堂预备科”），分“政”、“艺”两科；其中“政科”学生三年均要修习“词章”，并注明内容是“中国词章流别”。

由此可见，在《钦定章程》的框架中，“词章学”的本源就是文字运用的学习与应用；而“词章流别”也是基于实践应用的更高层次要求，对已有知识作综合整理以至历史考察。

张之洞主持的《奏定章程》于学制上稍作更动，而说明更为详备。“初等小学堂”的语文课称作“中国文字”；从“高等小学堂”开始，到“中学堂”、“高等学堂”（大学预备科），改称“中国文学”。课程的设计也是以“学作文之法”为主；其中《中学堂章程》对“中国文学”的说明最能揭示这种想法：

> 凡学为文之次第：
>
> 一曰文义。文者积字而成，用字必有来历（经、史、子、集及近人文集皆可），下字必求的解，虽本乎古，亦不骇乎今。此语似浅实深，自幼学以至名家皆为要事。
>
> 二曰文法。文法备于古人之文，故求文法者必自讲读始。先使读经、史、子、集中平易雅驯之文……并为讲解其义法；次则近代有关系之文亦可浏览。
>
> 三曰作文。以清真雅正为主。……

这种“文学”的观念，就是讲求积字成文的标准和法则，以传统已有的规范作为根据，于是读古代作品目的在于了解其中“义法”，以建立个人写作文章的能力。“中学堂”和“高等学堂”的“中国文学”课最后一年，才“兼讲中国历代文章、名家大略”、“兼考究历代文章名家流派”；可见相关的知识整理是附从于写作应用的教学目标之下的。

《奏定章程》还有一项比较特别的安排，“诗歌”的诵习设计成类似今天中小学的课外活动，不设专门科目——“遇闲暇放学时，即令其吟诵，以养其性情，且舒其肺气”。这是用以比附“外国中小学堂皆有唱歌音乐一门功课，本古人弦歌学道之意”。再者，《章程》并不鼓励诗歌写作的教习：

> 学堂之内万不宜作诗，以免多占时刻，诵读既多，必

然能作，遏之不可，不待教也。

对“诗”与“文”的不同态度，看来也是在“致用”的大气候下的一种选择。这些概念，又反映在“大学堂”的课程设计之上。

《奏定大学堂章程》“文学科大学”共有九门：中国史学门、万国史学门、中外地理学门、中国文学门、英国文学门、法国文学门、俄国文学门、德国文学门、日本文学门。大致可分为中外史学、中外文学和地理学三种，与《钦定章程》相较，原先“经学”、“理学”二门同归《奏定章程》中的“经学科”，“诸子学”变成“理学门”下一科；“掌故学”不复存在；“词章学”改题“中国文学”，“外国语言文字学”分排成英、法、俄、德、日五国的“文学门”。由于有“经学科”独立，吸纳了有关思想义理的学科，于是“文学科大学”的重点就落在历史和语言文学的范围之内，只是另附上“地理学”一门。由于这种编派包括了“万国史学”、五国“文学”和“地理学”，使得采“文学”广义的“文学科大学”不像《钦定章程》中“文学科”充满浓厚“中学”气息，也没有像后者般总揽所有传统学问的作用。然而以相对狭义的“中国文学门”而言，其传统“词章学”的色彩仍然很重，尤其“词章”的内容和材料，基本上没有太多新变之处，值得注意的是“文学”（或“词章学”）的学科规格，在《奏定大学堂章程》中渐渐显现。

（四）“文学”专科的建构

按照《奏定大学堂章程》，文学科大学的“中国文学门”要修习十六个科目，其中“主课”有七科：

文学研究法
说文学
音韵学

历代文章流别
古人论文要言
周秦至今文章名家
周秦传记杂史、周秦诸子

另外“补助课”有九科：

四库集部提要
汉书艺文志补注、隋书经籍志考证
御批历代通鉴辑览
各种纪事本末
世界史
西国文学史
中国古今历代法制考
外国科学史
外国语文

以“主课”而言，排列最前的“文学研究法”可说是这门学问的总纲，为“中国文学”的研究规划方向和范围。《奏定大学堂章程》在这一科着墨最多，有必要详细讨论；在此以前我们先考察其他“主课”的性质和意义。

紧随“文学研究法”之后的是“说文学”和“音韵学”。这两科的前列位置正是“文者积字而成……下字必求的解”此一观念的反映，认为“字”的形、音、义是“文”的最基本元素；这也就是张之洞所信奉的：“欲文章之工，未有可不用力于小学者。”现今大学中文系不离文字、声韵、训诂之学，都与这个观念有关。

其次的“历代文章流别”，为研究对象（“文章”）作历时的分析和综述；从科目设题可知其观念源自挚虞《文章流别志》一类的著作，《章程》的说明非常简约，只有一句："日本有《中国文学史》，可仿其意自行编纂讲授。"可见《章程》设计者认为"文章流别"就是"文学史"。如果我们参看刘师培在1919年写成的《搜集文章志材料方法》，可以见到相通的说法。刘师培说：

> 文学史者，所以考历代文学之变迁也。古代之书，莫备于晋之挚虞。虞之所作，一曰《文章志》，一曰《文章流别》。志者，以人为纲也；流别者，以文体为纲者也。今挚氏之书久亡，而文学史又无完善课本，似宜仿挚氏之例，编纂《文章志》、《文章流别》二书，以为全国文学史课本，兼为通史文学传之资。

《章程》以日本的《中国文学史》去解说"历代文章流别"一科，而刘师培则建议搜罗文章流别的材料以编成"文学史"；二说相通而重点不同，刚好见证了作为学科的"历代文章流别"观念，过渡到"文学史"的观念。

再次，"古人论文要言"之设，相当于"文学批评"或者"文学批评史"的诉求，以为文学作品有待评论，而古人过去的评论有助于对文学作品的深入认识。《章程》对此科的解说是："如《文心雕龙》之类，凡散见子、史、集部者，由教员搜集编为讲义。"《文心雕龙》正是今天研究古代文学批评不能忽略的一本著作；中国的"文学批评史"一类著作，要到1927年陈钟凡才写成第一部，然而其规模已隐约存在于《章程》的设计之中。

再次的"周秦至今文章名家"可说是"中国文学"科的中心学科，因为历代"文章名家"及其作品，是"集部"之学的基本研究对象；按照《奏定章程》的编排，本科和"文学研究法"是大学堂第一、二、三年都要修习的科目，其授课时数同样是最多。《章程》对此也有比较详细的说明：

> 周秦至今文章名家之文集浩如烟海，古来最著名者大约一百余家，有专集者览其专集，无专集者取诸总集。为教员者，就此名家百余人，每家标举其文之专长及其人有关文章之事实，编成讲义，为学生说之，则文章之流别利病已足了然；其如何致力之处，听之学者可也。

这里建议研习的“文章名家”百余人究竟实指哪些人？《章程》没有交代。只在下文举出“历朝总集之详博而大雅者”、“精粹者”；将这份书单与张之洞在光绪元年（1875）四川学政任内完成的《书目答问》中总集书目对照，可见《章程》选书的范围并没有超出后者所载；依此类推，所谓“百余名家”大概也不出《书目答问》集部所列诸书的作者。此外，《奏定章程》中虽然没有列入《书目答问》作为参考，但在“补助课”中也不乏目录学的训练；相关的科目有二：“四库集部提要”和“汉书艺文志补注、隋书经籍志考证”，其中《四库提要》只讲“集部”，更是紧扣学科的安排。

“周秦至今文章名家”的说明最值得注意的一点，就是学科专门观念的建立——研究对象聚焦于“其文”或“其人有关文章之事实”。换句话说，学科的目标明确锁定在文学作品（“文章”）和作家之上，而作家之论，也限定在有关“文章”的范围之内，不涉及其他社会或政治角色的议题。我们还可以从“主课”最末一科“周秦传记杂史、周秦诸子”的注文，见到类似的说明：

> 文学家于周秦诸子当论其文，非宗其学术也。汉魏诸子亦可流览。

把研读的重点限定在“其文”而非“学术”之上，固然与张之洞于“诸子学”抱怀疑态度有关，然而对“其文”的强调，也增添了学科专门的意味。

“周秦至今文章名家”一科的说明，还牵涉到《奏定章程》对“文学”的态度。《章程》提醒教师着意讲授“文章之流别利病”，至于“如何致力之处”，则“听之学者可也”；前者是学科知识的认知，后者则牵连应用实践；究竟“中国文学”的目标是否只在知识传授，不及创作实践呢？《章程》对这科还有方向不同的两点说明：

> 凡习文学专科者，除研究讲读外，须时常练习自作；教员斟酌行之，犹工、医之实习也；但不宜太数。愿习散体、骈体，可听其便。
>
> 博学而知文章源流者，必能工诗赋，听学者自为之，学堂勿庸课习。

其一说“文学专科”的课程应该包括实践练习——“犹工、医之实习”，另一说“勿庸课习”。二者的理由都说得通，但却互相矛盾。若复检《奏定章程》小中学堂的说明，就会明白《章程》对“文章”（包括散体、骈体）和“诗赋”的态度是不一样的。《奏定章程》小中学堂的国文课程重点在于“作文”，但特别声明：“学堂之内万不宜作诗，以免多占时刻，诵读既多，必然能作，遏之不可，不待教也。”这是以实际社会应用的考虑来判断是否“课习”。

再者，《奏定章程》中为各级学堂共守的《学务纲领》有“学堂不得废弃中国文辞”一则，一方面声明各学堂“中国文学”一科，“并不妨碍他项科学”，这种防卫机制的表现，与解释“读经”时的心理一样；另一方面反复解释“中国文学”的用途，先说各体文辞各有其用：古文可以“阐理纪事，述德达情”，骈文用于“国家典礼制诰”，古今体诗辞赋可以“涵养性情，发抒怀抱”；再说必先“能为中国各体文辞”，然后“能通解经史古书，传述圣贤精理”；继而指出学子将来入官后，要能操笔为文，撰写“奏议、公牍、书札、记事”等。

“致用”观点在《大学堂章程》中当然不会改变，但写作训练显然不再是重点，所以会有“其如何致力之处，听之学者可也”的主张；在“实习”方面，又止限于散文、骈文；至于诗赋之作，也是“听学者自为之”，是不鼓励、不禁止的比较消极的态度。

再对照规划《筹议京师大学堂章程》的梁启超对“文学”的意见，我们不难见到观念的变化。梁启超在《湖南时务学堂学约》中说：“温公曰：‘一自命为文人，无足观矣。’苟学无心得，而欲以文传，亦足羞也。”于是《筹议京师大学堂章程》只在“普通学”设有“文学”的“功课”，当中有没有包含考镜源流的知识传授，或者未易猜度；但估计其主要教学目标在于训练应用文写作的基本技巧，应该不会有误。在基本训练以后，梁启超就没有再“浪费”学生的时间，不由他们在“专门学”阶段进修“文学”。换句话说，以《筹议章程》的立场，“文学”不足以成为重要的学术专门。反观《奏定章程》的《学务纲要》清楚说明：“大学堂设有文学专科，听好此者研究。”《学务纲要》也提到“宋儒所谓一为文人，便无足观”，并说：“诚痛乎其言之也！”但立即补充说：“盖黜华崇实则可，因噎废食则不可。”《大学堂章程》中“周秦至今文章名家”的说明又提道：“欲以文章名家者，除多看总集外，其专集尤须多读。”似乎没有遗忘以文章创作为目标的“文人”。不过，从行文的语气看来，“文章家”总不似是“文学专科”培育的重点。由这种温暾的态度看来，《奏定大学堂章程》对“文学”一科的专业范围的理解，虽然渐见规模，但对是否要训练创作人才这个问题，立场依然模糊不稳。

所谓渐见规模的“文学”专科，根据上文的分析，我们可以简括为几点：

1. 文学研究以由古至今的文学作品和作家（关乎文学的议题）为主要对象；

2. 有关作家和作品又需要放置在历时发展、群体关系等脉络中研究，此所谓“历代文章流别”或者“文学史”的研究；

3. 文学作家作品的承纳，又有其历时积累或者变奏、更替，这就是“古人论文要言”或者“文学批评史”的意义。

这种“文学本体”、“文学史”、“文学批评”的研究架构，即使在今天看来，也似是一个可以操作的模型。至于《章程》中特别用心开列的“中国文学研究法”，更有助我们理解这个“文学专业”的模塑方式，值得仔细参详。

“中国文学研究法”的说明，代表了《奏定大学堂章程》对“文学”的学科位置和方向的整体看法。全篇共有四十一则，以大纲形式表达。各则排列略见伦次，但不算严谨，说明也极简略。我们把这四十一则论点顺序编次，并稍作整理，再加析述。

“中国文学研究法”首三则是：

1. 古文籀文、小篆、八分、草书、隶书、北朝书、唐以后正书之变迁。

2. 古今音韵之变迁。

3. 古今名义训诂之变迁。

“文”由“积字而成”是传统“文学”论中最易见、最易为人接受的观念；因为从表面形式看来，书面汉语最基础的单位就是“字”；当循本溯源的思想落在表现形式上的时候，“字”的形、音、义似乎就是基本的问题。至于从“字”与“字”的连缀，到“成文章”之间的空隙，就需要有其他条例去解述了。

其下三则是：

4. 古以“治化”为“文”，今以“词章”为“文”；关于世运之升降。

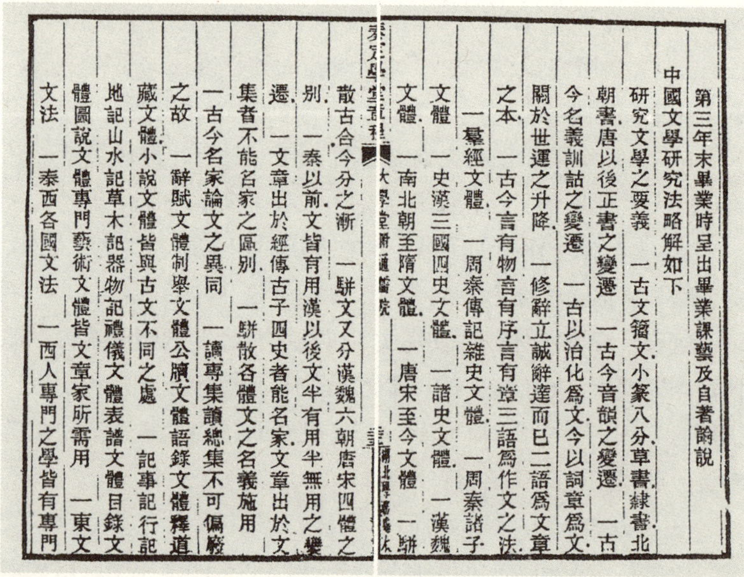
第三年末畢業時呈出畢業課藝及自著論說

中國文學研究法略解如下

研究文學之要義　一古文籀文小篆八分草書隸書北朝書唐以後正書之變遷　一古今音韻之變遷　一古今名義訓詁之變遷　一古以治化爲文今以詞章爲文關於世運之升降　一修辭立誠辭達而已二語爲文章之本　一古今言有物言有序言有章三語爲作文之法　一羣經文體　一周秦傳記雜史文體　一周秦諸子文體　一史漢三國四史文體　一諸史文體　一漢魏文體　一南北朝至隋文體　一唐宋至今文體　一駢散古合今分之漸　一駢文又分漢魏六朝唐宋四體之別　一秦以前文皆有用漢以後文半有用半無用之變遷　一文章出於經傳古子四史者能名家文章出於文集者不能名家之區別　一駢散各體文之名義施用　一古今名家論文之異同　一讀專集讀總集不可偏廢之故　一辭賦文體制舉文體公牘文體語錄文體釋道藏文體小說文體皆與古文不同之處　一記事記行記地記山水記草木記器物記禮儀文體表譜文體目錄文體圖說文體專門藝術文體皆文章家所需用　一東文文法　一泰西各國文法　一西人專門之學皆有專門

奏定大學堂章程　大學堂附通儒院

图 2-4 《奏定大学堂章程·中国文学研究法》

5. “修辞立诚”、“辞达而已”二语为文章之本。

6. 古经“言有物”、“言有序”、“言有章”三语为作文之法。

第四则指出“文”在古代，指的是“文治”，是政治、民生、文化的表征，及至后世才专指“词章”。《奏定章程》要企划的，当然是“词章”之“文”的课程，把理想附托于“古”，也是溯源思想的一种表现。另外两则说明为文的要求，但也从不同的角度触及文学相关过程的理解。第五则引用《周易·乾·文言》的“修辞立其诚”和《论语·卫灵公》的“辞达而已矣”两句话，正好为主张收敛约束的、“黜华崇实”的文学教育作准则。第六则“古经”原作“古今”，然而林传甲据《章程》编写“讲义”，其中第六篇题作“古经言有物言有序言有章三语为作文之法”；按“言有物”、“言有序”之说出自《周易·家人》，“言有章”出自《诗经·小雅·都人士》，林传甲之题比较可靠。方苞曾用“言有物”

和“言有序”来解释桐城派的“义法”；“有物”近于“立诚”，“有序”、“有章”也是“修辞”之道；两者的原则是相通的。然而从文学过程的指涉来说，前者由为文者的“诚于心”出发，到撰成文辞以“达”于受众，完成整个从创作到阅读的历程；后者则主要是有关写作基准的提示。两处都是一些普遍原则的标举，其保守内敛的倾向，可说是教育建制的通病；在此当然更是为了配合时世的“致用”要求。

在标举原则以后，“研究文学之要义”就把重心放在作品的形态之上，在不同的层次区辨各种“文体”——这也是中国传统文学批评中的“辨体”意识的表现：

7. 群经文体。

8. 周秦传记、杂史文体。

9. 周秦诸子文体。

10. 史、汉、三国四史文体。

11. 诸史文体。

12. 汉魏文体。

13. 南北朝至隋文体。

14. 唐宋至今文体。

由第七到十一则，大概以集部以外的著作为论，认为这些不同类型的著述各成文体；看来没有考虑其历时因素，虽则七、八、九都是“周秦”或以上的撰著。史部再厘分“四史”和“诸史”文体，究竟是根据什么基准而作的区分，不易推断；可知的是，“四史”在传统史学中的地位比其他“诸史”崇高。由十二到十四则的分体基准，则明显以“历时”为论。此外，还有以骈、散关系来检讨“文体”的表现：

15. 骈、散古合今分之渐。

16. 骈文又分汉魏、六朝、唐、宋四体之别。

19. 骈、散各体文之名义施用。

第十九则应是骈散分合繁衍的综合总结。在此之余，又有从语用角度区分文体，以及以文章内容为基准以辨体：

22. 辞赋文体、制举文体、公牍文体、语录文体、释道藏文体、小说文体，皆与古文不同之处。

23. 记事记行记地记山水记草木记器物记礼仪文体、表谱文体、目录文体、图说文体、专门艺术文体，皆文章家所需用。

以上牵及许多不同的辨体原则，看来异常庞杂，甚至混乱；与晚近文学理论的体类论（theories of genre）或者语体论（stylistics）的要求距离颇远。然而，在中国文学批评传统之中，从各个层面、采不同基准为多种文体或者诗体作出勾勒的“辨体论”，并不罕见；最广为人知的例子是宋代严羽《沧浪诗话》，其中《诗体》一章罗列诸体，其基准亦非常繁杂。我们可以把这些游移观点带来的视野，看作文学现象的多向感知；而其审视的对象，正是文学作品本身。这一个文学研究的中心环节，也占整个“研究文学之要义”纲领的最多篇幅（共十三则，几近三分之一）。

我们又见到“要义”就某些“文学”现象作归纳总结。例如：

17. 秦以前文皆有用、汉以后文半有用半无用之变迁。

18. 文章出于经传古子四史者能名家、文章出于文集者不能名家之区别。

33. 文章名家必先通晓世事之关系。

34. 开国与末造之文有别。

35. 有德与无德之文有别。

36. 有实与无实之文有别。

37. 有学之文与无学之文有别。

38. 文章险怪者、纤佻者、虚诞者、狂放者、驳杂者，皆有妨世运人心之故。

39. 文章习为空疏必致人才不振之害。

40. 六朝、南宋溺于好文之害。

第十七则可以是历史现象的叙述，然而我们不难见到其中的价值取向——“有用”之文比“无用”之文可取；其回响就是第三十四则和第四十则，对“好文”的历史现象作出批评。第十八则让我们想起张之洞在《书目答问》中所说：“由经学史学入理学者，其理学可信；以经学史学兼词章者，其词章有用。”这句话同时也可以说明以上各则的实用主义思维。

此外，又有与相关“主课”的呼应，如以下两则：

20. 古今名家论文之不同。

21. 读专集、读总集不可偏废之故。

前者应该是“古人论文要言”科的简括；后者则为“周秦至今文章名家”一科学习方法的补充解说。

除了以上的本位研究之外，“研究文学之要义”更规划了“文学”与外在环境各种关系的研究：

27. 文学与人事世道之关系。

28. 文学与国家之关系。

29. 文学与地理之关系。

30. 文学与世界考古之关系。

31. 文学与外交之关系。

32. 文学与学习新理新法、制造新器之关系。

这里列举的范围，大概相当于韦力克与沃伦（René Wellek and Austin Warren）所界定的“外缘研究”（extrinsic study）部分，晚近鼓吹文学“历史化”（historicize）和“政治化”（politicize）的西方文学理论更会特别究心这个环节。在“研究文学之要义”中，虽然没有把这个部分置于最重要的地位，但从《章程》所列“补助课”中，设有“御批历代通鉴辑览”、“各种纪事本末”、“中国古今历代法制考”、“世界史”、“外国科学史”等科来看，可知“研究文学之要义”的规划也不是率意的安排。循此推演，

“补助课”的“西国文学史”、“外国语文”等科，大概是以下几则的根据：

24. 东文文法。

25. 泰西各国文法。

26. 西人专门之学皆有专门之文字，与汉《艺文志》“学出于官”同义。

27. 翻译外国书籍函牍文字中文不深之害。

依照这个规划，则中国文学与外国文学的对比参照，也是“中国文学”的研究范围。

经过以上的梳理，我们大概可以见到《奏定大学堂章程》所构设的“中国文学研究”，实在可以称得上有专业学科的规模。我们或者可以不同意《奏定章程》的“致用”、“尚实”，甚至“保守”的文学观，或者可以批评其中的“文学”定义过于褊狭，但必须承认《章程》于知识范畴的内涵和外延、边界的规划、知识生产的取向、知识传递的操作方式等等，都有基本的构思，可供日后作进一步的发展。从这个角度来看，传统的“文学”或者“词章之学”，在《奏定章程》的规划下，已经奠下专业学科的基础。

四　结语

回顾三个京师大学堂的章程，我们可以见到“文学”由不入“专门学”到成为一个重要学科的过程。奇怪的是，“文学”的现代学科地位的确定，并不是由思想前卫的梁启超来推动；反而教育观点相对保守的张之洞变成“文学”的护法。因为这是个“致用”为上的时代，鼓动维新的梁启超也只能从“实用主义”的角度去推行教育；“文学”既不能应时务之急，就无暇关顾了。然而，因为“文学”无论从语言、文字，以至其表达模式，都与文化传统关系密切，抱着“存古”思想的张之洞，反而刻意要在西潮主导的现代学制中留下传统的薪火。在这个情势之下，“文学”的内涵虽还是褊狭的“词章之学”，但其学术位格已有相当现代化的规划。接下来的变革，既有内在发展的种种因素，例如语言载体由“文言”转为“白话”，也有西来观念如“美感”、“虚构”概念等进一步冲击，“文学”定义由是改造；而其间各阶段历程，又有待继起的文化政治的推移了。

“文学科学”与“文学批评”

——普实克与夏志清的“文学史”辩论

> 真诚努力地去把握这个整体复杂过程，
> 并以客观无私的方式将这复杂过程呈现。
>
> ——普实克
>
> 文学史家的第一任务，
> 永远是卓越之发现与鉴赏。
>
> ——夏志清

一 普夏二人的争辩

2004年《夏志清论评中国文学》(*C. T. Hsia on Chinese Literature*)由美国哥伦比亚大学出版社出版，作者夏志清教授在序言里总结个人学术生涯，当中特别提到四十多年前的一场论争，并以自己当年论辩文章的结语说明他作为“中国文学批评者的立场”：

> 拒绝接纳未经检验的假设和习见的判断，愿意不带政治成见、无惧其后果，以开放的态度进行探索。

所引述的文章发表于1963年，是就捷克斯洛伐克汉学家普实克(Jaroslav Průšek, 1906—1980)在一年前(1962)对夏志清第一本学术专著——《中国现代小说史》(*A History of Modern Chinese Fiction*)——的长篇书评所作的回应。夏志清对自己这篇回应文章显然非常重视，对当年的辩论也实在耿耿于怀，日后还一再追记此事，例如在 1987 年他悼念刘若愚和许介昱的文章《东夏悼西刘——兼怀许芥昱》、2002 年在台湾发表的《中国古典小说·中译本序》等文，都可以见到。事实上，此次交锋事关中国现代文学研究史上的重要发展，也关乎两种文学研究思路的碰撞，[1]值得我们在半个世纪后的今天细说从头。

夏、普二人可说站在中国现代文学研究之路的开端，其著述在西方固然有重大影响，又透过中译和学界频繁引述，于中文学界也达至无人不识的境地。在进入"夏普之辩"理论意义的讨论之前，让我们先简述这两位重要学者的文化背景及学术历程。

40 年代后期，时任中国北京大学外文系助教的夏志清，考获奖学金到美国深造，辗转到了耶鲁大学攻读英国文学博士课程。不久，中国出现了政局变化，当时执政的国民党遭共产党彻底打败，退走台湾。不少未能认同新政权的知识分子，选择离开中国大陆，前往香港、台湾，或者其他外国地区；曾与夏志清同在北京大学任教的兄长夏济安，也经由香港转到台湾，后来在台湾大学任教，并创办了重要的文学刊物《文学杂志》(1956—1960)。经此丕变，已经去国的夏志清，再也没有回归的企盼。博士班的最后一年(1951)，夏志清在一项美国政府资助的中国研究计划下工作，负责撰写供美军参阅的《中国：地区导览》(*China: An Area Manual*)手册。这项计划由主张"反共"的耶鲁大学政治系教授饶大卫(David Nelson Rowe, 1905—?)主持，夏志清负责当中"文学"、"思想"、"大众传播"三大章，以及"礼

---

〔1〕 参考王德威的文章：David Der-wei Wang, "A Report on Modern Chinese Literary Studies in the English-Speaking World," *Harvard Asia Quarterly* 9.1 & 2 (2005): 51-56。

图 3-1　夏志清《中国现代小说史》(2001 年再版中译本)

图 3-2　《夏志清论评中国文学》

节”、“幽默”、“人物小传”、“地理”等不同环节。这本手册编成后只有试印本，并未正式出版。据夏志清描述，其中“文学”一章，包括古代文学，但重点却在现代。他后来把手册中有关现代文学部分全面拓展，预备撰写一部完整的中国现代文学史。最终完成的《中国现代小说史》，其主要内容基本上于1955年写好，经修订后于1961年由美国耶鲁大学出版社出版；1971年再版，1999年三版。中文本由刘绍铭等以第二版为据翻译，于1979年分别由香港友联出版社和台北传记文学出版社出版，2001年香港中文大学出版社再版；简体字删节本由上海复旦大学出版社于2005年出版。这部著作与1968年出版的《中国古典小说》(*The Classic Chinese Novel: A Critical Introduction*, 美国哥伦比亚大学出版社)，奠定了夏志清在中国文学研究领域的殿堂地位。他现在是哥伦比亚大学的荣休教授，台湾中央研究院院士；2004年哥伦比亚大学出版社出版他在哥大任教期间的重要论文十六篇，合成《夏志清论评中国文学》一集。

普实克原先在布拉格的查尔斯大学（Charles University, Prague）修读欧洲史；后来再到瑞典和德国攻读汉学，1932年获奖学金往中国研究社会经济史。留学期间与中国文坛中人如胡适、冰心、郑振铎，艺术界如齐白石等都有交往，又与鲁迅书信往还。在中国居住两年后，他再到日本，于1937年取道美国返回布拉格。这次中国之旅让普实克对中国文学，以至语言、民俗、艺术等有更深刻的认识；回国后马上出版了前冠鲁迅序文的《呐喊》捷克文译本，稍后又写成游记《中国：我的姐妹》（*Sestra moje Čina*, 1940，中译本由外语教学与研究出版社于2005年出版）。1945年起，普实克在布拉格查尔斯大学中文系任教。他的兴趣广及中国思想、历史以至文艺美术；然而，他之成为欧洲备受瞩目的汉学家，主要是因为他在以下两个研究范围有杰出贡献：“中世纪民间文学”——尤其话本小说，以及“新文学”。1953 年普实克为捷克斯洛伐克科学院创立“东方研究所”，并致力推动汉学的国际交流。1968 年“布拉格之春”事件发生，他被共产党开除党籍，禁足东方研究所，不准发表文章，直至 1980 年去世。他遗下著述非常多，在英语世界流通最广的是《中国历史与文学研究》（*Chinese History and Literature: Collection of Studies,* 1970）和《抒情的与史诗的——中国现代文学研究》（*The Lyrical and the Epic: Studies of Modern Chinese Literature,* 1980）两本论文集。后者由李欧梵主编，部分文章有了些删订；有 1987 年湖南文艺出版社李燕齐等的译本，以及 2010 年上海三联书店版郭建玲的新译。

综上所述，我们不难发觉夏志清与普实克的身份和立场之差异。前者是一位中国留洋学生，受训于美国“新批评”大本营的耶鲁大学英文系，以欧西文学为基准回顾中国古代和现代文学；其思想倾向主要是英美的自由主义，对共产主义及其政权非常抗拒。后者的基本训练是欧陆的学理传统，对中国文化始于好奇想象，再转化成同情投合；这当然又与其政治思想由民族解放出发，再求寄托于社会主义的理想有关。20 世纪 60 年代中期以后，普实克对共产主义失去信心；1968 年“布拉格之春”事件发生，普实克遭受冷酷的政治压制，最后郁郁而终。本文要探讨的夏普论战却是发生在普实克思想转变之前，当时以美国为首的资本主义“西方阵营”，与苏联主导的共产主义“东方阵营”，形成对垒的局面，已进入所谓“冷战时期”。夏志清受雇编写《中国：地区导览》作为美军参考手册，正是西方围堵共产阵营政策之下的产物。

1961 年 3 月，耶鲁大学出版夏志清的《中国现代小说史》。这是以英语写成的第一本中国现代文学史著作。此前，西方学界对中国文学的关注点主要在于古代文学；零落的现代文学研究只能位处边缘，或者作为区域研究（area study）的分支细项，以配合当代政治社会状况的分析。夏志清这部深具前瞻性的著作厚达600页，出版后得到芮效卫（David Roy）等的好评，认为现有各国文字书写的此类研究中，“推此书为最佳”。翌年，声望极高的汉学期刊《通报》（*T'oung Pao*）刊出普实克长达48页的书评，题为《中国现代文学史的根本问题与夏志清〈中国现代小说史〉》（“Basic Problems of the History of Modern Chinese Literature and C. T. Hsia, *A History of Modern Chinese Fiction*”），对夏著作非常苛刻的批评。夏志清回忆说：“《中国现代小说史》1961年3月出版时，我在欧美汉学界并无名气，而捷克学者普实克早已是欧洲的中共文学代言人，故要在汉学期刊《通报》上写篇长评，想把我击倒在地，再也站不起来。”（《中国古典小说·中译本序》）事实上，夏志清当时才刚入职哥伦比亚大学中日文系（即东亚语文系的前身），这篇书评的确有可能伤害他的学术前途，于是奋起为文反驳，写成同等篇幅长文《论中国现代文学的“科学”研究——答普实克教授》（“On the ‘Scientific’ Study of Modern Chinese Literature: A Reply to Professor Průšek”），刊于次年的《通报》上。在两人交锋之余，我们还看到普实克的一位研究生史罗甫（Zbigniew Słupski）也为老师助拳，在另一份著名刊物《东方文献》（*Archiv Orientální*）上发表《读第一部中国现代小说史札记》（“Some Remarks on the First History of Modern Chinese Fiction”，1964），猛烈批评夏志清的小说史。但这篇文章似乎未曾吸引夏志清的注意，夏氏没有作过任何回应。由于这篇文章与普实克论点密切相关，本文也将之纳入讨论范围之内。

意识形态的分野，再加上一些个人意气，使得夏普两人的论文都没有达至他们著述中的最高水平。尤其当双方互相指摘对方“唯政治”观念之不可取时，争辩只停留在言说层面，各说各话。普实克在书评的开篇，还未正式入题讨论，就指夏志清之作充斥“教条式的严苛”、“无视人性尊严”；又批评夏志清

"全面扭曲"战时解放区的意识形态问题和毛泽东的观点，特别是"在延安文艺座谈会上的讲话"；指夏志清声称以作品的"文学价值"为原则，但实际品评作家高下时，却一依政治判断，而非艺术考虑。普实克又以为《中国现代小说史》汇集了大量新文学的材料，如果作者能减轻他的"政治愤怨"，专注于考析"现今中国发展中的伟大的文学进程"，则这些材料可以发挥更大的作用；然而夏志清未克尽厥职，因此"本书的价值大大降损"，在不少地方"沦为恶意宣传"。普实克的学生史罗甫专意评核《小说史》论老舍的两章。和老师一样，他的文章也引述夏志清所讲"全以作品的文学价值为原则"，借以说明夏志清之表里不一，"没有放过任何机会去贬损左翼作家"；经过一番考查，史罗甫的结论是夏志清"以一己的政治好恶来取代文学科学的标准"，以致"全书无甚价值"。

夏志清当然拒绝承认普实克的"教条式严苛"（dogmatic intolerance）的指控。他的回应是："普实克自己才得背负'教条式严苛'的罪名，即使在理论层面，看来他也不能接受任何与官方共产主义相异的现代文学观。"至于夏志清自己，他以为若有所谓"严苛"，是对拙劣作品的严苛，这正可见到他于"文学准则"的执著，而不是"政治偏见"的结果。

值得注意的是，双方互相指控对方充满"政治偏见"，而力陈己方才是文学的"艺术价值"守护者。在这些控诉之间，"文学"与"政治"的形象变得流动不居；"文学"与"政治"之纠结夹缠，莫此为甚。当然自今视昔，20世纪中叶的两位辩者对"文学"和"政治"的划界仍然有这样淳朴而认真的想象，实在值得敬佩。总之，我们要明白，冷战思维及其所寄托的政治言说，在这次论辩中占有一个非常重要的地位。但本文重点却不在此，而在于双方对"文学研究"的态度和取向，以及其间异同所予我们之启示。

图 3–3　普实克

二　“文学科学”与“文学的过程”

夏志清的回应题作《论中国现代文学的“科学”研究》，文章一开始就对普实克所主张的文学之“科学”研究表示怀疑：

> 我怀疑除了记述简单确凿的事实以外，文学研究是否可以如“科学”般严格和精准，我也怀疑我们能否以一套不变的法则去研究所有不同的文学时段。

夏志清对普实克的批评根据不以为然，以为当中尽是一些“预设的假定”、“政治的既定成见”。言下之意，普实克之所谓“科学”、“客观”，并非文学研究的正道。

文学研究能否及应否追随科学研究的准则之成为一个问题，

可以从许多不同角度去理解或探索，在此暂不细论。我们先尝试了解普实克论说的理论根源。

普实克于1937年秋天回国，1945年正式回到母校查尔斯大学任教。但他在取得“大学授课资格”（Habilitation）之前，已加入以查尔斯大学为基地、国际知名的“布拉格语言学会”（Prague Linguistic Circle），并在学会的例会上发表学术报告，据记录其中之一是讨论中国叙事体的语意结构（“On the Semantic Structure of a Chinese Narrative”，1939），另一个是研究汉语动词的不同层面（“On the Aspect of the Chinese Verb”，1948）。他和捷克结构主义的核心成员如穆卡若夫斯基（Jan Mukařovský, 1891—1975）、伏迪契卡（Felix Vodička, 1909—1974）等有着共同的理论思想。[1] 对布拉格学派成员来说，“科学”或者“科学研究”并不会令文学研究者惊恐；反之，这是文学研究者的应有的精神态度。我们检阅一下“布拉格语言学会”的报告例会讲题，可以见到如：《文学史与文学科学》、《语言艺术的科学及其与邻近科学的关系》、《文学科学的细读方法》等。事实上，这些题目上的“科学”一词，捷克原文是“věda”，相当于德语的“wissenschaft”，其英语的对应是“science”，但却非专指自然科学，而是更广泛的，指由用心致力而获得的系统知识。布拉格学派以为文学科学的目标是掀起文学的神秘面纱，尤其从文学的语言基础切入，理解语言的“文学性”（literariness）。正如雅各布森（Roman Jakobson, 1896—1982；先是俄国形式主义学派的领袖，继后是布拉格语言学会的主要成员）说：“文学科学的研究目的不在文学而在‘文学性’”，“文”可以成“学”。文学作为一

〔1〕 有关普实克与布拉格语言学会的渊源，可参 Lubomír Doležel, (1994). “Prague School Structuralism,” in Michael Groden and Martin Kreiswirth, ed., *The Johns Hopkins Guide to Literary Theory and Criticism* (Baltimore: Johns Hopkins University Press, 1994), pp. 592–595。

种学问、知识，在欧陆传统中并不是一个难以接受的议题。例如德语的"Literaturwissenschaft"是指有关文学的系统的知识；李长之在翻译玛尔霍兹（Werner Mahrholz, 1889—1930）《文艺史学与文艺科学》（*Literaturgeschichte und literaturwissenschaft*, 1933）的序文中说："文学也是'学'，是专门之学，是一种科学。"至于韦勒克（René Wellek, 1903—1995）在1960年发表的文章《文学理论、文学批评，与文学史》（"Literary Theory, Criticism, and History"）也谈到"Literaturwissenschaft"，他不同意译作"science of literature"，因为英文的"science"偏指自然科学。观此，可知英美传统与欧陆传统对"文学科学"概念的不同感受。

回看普实克的书评，"科学（的）"（scientific）一词，显然被赋以正面的意义。文章起始，普实克就说：

> 每一位学者、科学家的态度和方法，都会多少受到主观因素，例如社会地位、所处时世，诸如此类的宰制，这是自然而然，可以理解的；……然而，若果研究者没有把目标订定在揭示客观真相（objective truth），没有尝试超越一己之偏私和成见，则一切科学探索的努力都是徒劳无功的。

在文章结尾部分，他重申：

> 从事这种撰述（按：指中国现代文学史的书写）的作者之先决要求是：真诚努力地去把握这个整体复杂过程（whole complex process），并以客观无私的方式将这复杂过程呈现。

这些言论让我们明白普实克的想法是：

1. 文学研究是对知识的一种挚诚的求索；文学研究者其实和科学家没有太大区别——其目的都是揭示"客观真相"。

2. 文学史研究的对象不是一个显而易见的实体，而是一个有待深入探索的“复杂过程”。

第一点引发的问题——文学之中是否存在“客观真相”？——也是夏志清所关注的要点。对于普实克而言，中国现代文学史已是存有于世的事实，文学史家的责任是搜罗所有的线索，加以考察分析，以期揭示此一“客观的”及“真实的”过程。重点是，这个“过程”非常复杂，必须以中肯的、科学理性的思维，来作深入彻底的研究。所谓“科学（的）”，就是以这种态度为本，再创为恰切的研究方法，以完成这个文学史家的任务。

至于第二点所指向的“整体复杂过程”，在普实克的论述中，是一个关键的词汇，需要更多补充说明。将“文学”（以至“文学史”）理解为一个“超越个别殊相的复合体”（supraindividual complex），是布拉格学派的语言学及美学观念。“文学”不是指个别文学作品的总和，而是超乎个体的一种关系，一种“系统”（system）或者“结构”（structure）；而关系的性质乃是一种“部分—整体”的交互影响模式，正如穆卡若夫斯基所说：“各部分的性质限定整体，整体也制约了部分的性质和各部分之间的关系。”此外，布拉格学派的“结构”论还有两个非常重要的观点：

1. 特别强调文学或者艺术“结构”的社会性，“文学结构”必须进入社会结构中才产生其意义；

2. 认为“结构”是动态的，而非静态的，“文学结构”因应不同的力量的交互影响而恒常处于变动之中。

普实克所谓“整体复杂过程”就是这种多元动态结构的历史呈现；他之重视文学的社会意义，重视文学史的发展过程，其理论背景也可以由此彰明。

基于这种理论思考，普实克就批评夏志清“未能对一位作家的作品作出系统的分析，而只满足于将自己局限在纯属主观的观察”，“为了成就他的议论，故意强调某些事物而抑制或隐瞒另一些，又或者给事物增添了非原有的意义”。换句话说，夏志清并不理解“整体”的概念。要从事对作家的研究，普实克认为：

> 我们不要局限在偶发的成分（accidentals），要对全部作品做系统性的分析，观察它的特质，不是只看孤例或偶然现象，而是看这些特质如何由作家的艺术性格（artistic personality）熔合成艺术整体的组成部分。这些个别元素的主次位置就是由作家的意向（intention）决定，正如他以同样的方法组合运用这些元素以实现他的创作构思一样。这一意向，以及为实现他的构思所运用的艺术程序，反映了作家的哲学外观，即他面对世界、生活与社会的态度，以及他与艺术传统的关系等等。这些态度的特性又由作家的意识形态和艺术个性所决定；我们视他为特定社会中的一个成员，同时也视他为别具特质的一位艺术家。

普实克这样的论述，毫无疑问，是布拉格结构主义方法的应用；要进一步了解其中理论的建构逻辑，我们可以参看穆卡若夫斯基的《个体与文学发展》(“The Individual and Literary Development”)、《艺术中的性格》(“Personality in Art”)、《艺术中的意向性与非意向性》(“Intentionality and Unintentionality in Art”)、《艺术理论中的“整体”概念》(“The Concept of the Whole in the Theory of Art”)等论文。事实上，普实克对夏志清《小说史》批评，撇开政治意识形态的部分，其主要理据都是来自这个学派的共同主张。

同样的理论资源，也支持了普实克研究中国现代文学趋向的重要“发现”(或者“发明”)，例如《中国现代文学中的主观主义和个人主义》一文所提出的“主观主义与个人主义，连同悲观主义与生活中的悲剧感，加上反叛和自毁的倾向”是抗日前现代文学的特色（“Subjectivism and Individualism in Modern Chinese Literature”，1957）；《中国现代文学研究导论》指出“优秀现代中国短篇小说——如鲁迅的短篇，其根源在于古代的诗”（“Introduction to *Studies in Modern Chinese Literature*”，1964）；《在中国文学革命的语境中对照传统东方文学与现代欧洲文学》揭明“古代中国偏好抒情诗的思潮，也贯穿于新文学作品中，并往往突破了‘史诗的’形式”（“A Confrontation of Traditional Oriental Literature with Modern European Literature in the Context of the Chinese Literary Revolution”，1964）等等。这些论断洞察深刻，远远超越了他奉为正朔的中国大陆官方文学史论述，为往后的中国文学史研究开出新路。正因为普实克注重文学传统之古与今的“关联”，他的研究焦点之一也落在晚清时段。现今学界对晚清文学的关注，普实克和他的弟子们实有倡导之功。从他的研究示范看来，所谓“科学的”方法，似乎也是有效及有启发作用的。

然而，当我们说“有启发作用”时，可能还要思考与“启发”同时牵动的“想象”。填补各处“关联”、串联“趋势”，以发现“过程”，当中不乏“想象”的成分。因此，我们有必要认真思考普实克所谓“客观真相”的“客观”程度。

三 “文学史”即“文学批评”

回看夏志清的答辩文章，可以见到他对普实克所下“不科学”、“主观”的评语之愤愤不平。他的对应之道，就是重新审核普实克所持的量尺，认为他所谓“客观”，其实是“未经批判地附从盛行的意见”；任谁偏离这种见解，他就指摘为“主观”、“傲慢”、“教条式严苛”。夏志清又指出普实克以“科学的”理论治现代中国历史与文学，“不改其习地据假设的意识形态意图以评价作品，而屡屡被误导，把文本简单化，或错解其意义”。夏志清又说：

> 无论我怎么“主观”，起码我尝试公正地对待每一个作者、每一件作品，而没有先行改变自己的真诚反应去配合一套关于中国现代小说的既定理论。

夏志清着意于“客观”和“主观”之辨，认为普实克的“客观”并不客观；自己被描述为“主观”，但其实是公正无私。换句话说，夏志清没有因为反驳普实克的批评，而否定“客观”的重要性。他要强调的是“独立判断”：

> 不管历史学家和记者们如何描述1949年以来的中国，只要我们发现自那时起，中国文学真的委靡不振，那么我们对这一时期进行客观评价时，就应该把这个事实纳入考虑之中。在我看来，这种归纳方法比普实克所采用的演绎法——先行设定某时段的历史图像，然后再寻找符合这个图像的文学——更为科学。

所以，“客观评价”（objective evaluation）、“更为科学”（more scientific），其实也是夏志清的标准；问题是如何达至此一“客观”。

夏志清开始撰写文学史的50年代，中国大陆的政治主导论述是主流，比较重要的文学史著如蔡仪、王瑶、张毕来、刘绥松、丁易等人之作，其间虽然高下有别，但同样要承担为共产主义宣传的任务。夏志清并不能认同这个论述方向，他在《小说史》的英文原序说：

> 我尝试从那庞杂的中国现代小说——中国现代文学中

> 最见成果及最为重要的分支——的浑沌团中清理出一定的秩序和模式，并以之检验共产主义者的现代中国文学史观。

在回应文章中，他又说：

> 不少中国本土的批评家——其批评技艺的训练本就惹人怀疑——本身也参与了现代文学的创造，（他们的论述）难免带上偏见；故此研究现代中国文学就有必要从头开始。

夏志清后来在《中国现代小说史》的中译本“序”也说过：“中外人士所写有关中国现代小说的评论，我能看到的当然也都读了，但对我的用处不大。”可见他一空依傍的立意很坚定。夏志清的出发点既是如此，他的“客观”就是摆脱主流论述的支配，忠于自己对作品的阅读经验和判断。换句话说，夏志清理想中的“客观”，一方面指尊重作为研究“客体”的文本、文学材料，另一方面是主体的“真诚”，不为成见所限囿。

缘此，我们大概可以理解夏志清为何对“文学史家的基本任务”有以下这个定义：

> 批判地审察某一时期的重要的、有代表性的作家，并简括综述其时代概况，让他们的成败在历史过程中被了解。

他又说：

> 作为综述中国现代小说的开创之作，我重申，首要的任务是区分与评价：直至我们从大量作品中清理出一定的秩序和模式，直至我们从优秀作家中区辨出伟大作家，从平庸作家区辨出优秀作家，我们才有可能研究影响与技巧。

很明显夏志清认为文学史家的工作重点是“批判地审察”（critical examination）、“区分与评价”（discrimination and evaluation）。因此，他对普实克所重的工作如：“系统研究小说的现代试验与本土文学传统的关系”、“系统研究西方文学对现代中国小说的影响”、“对中国小说家的叙事技巧作广泛的比较研究”，都策略性地放置一旁。实际上，回应文章这些讲法可说是《小说史》英文原序的进一步阐释，当时夏志清的主张是：

文学史家的第一任务，永远是卓越之发现与鉴赏。

至此，我们发现夏志清与普实克的一个重大分歧：普实克认为文学史的目标是对“整体复杂过程”（whole complex process）作“系统的”、“客观的”探究，“文学史家”与“科学家”的工作态度并无不同；然而，夏志清则主张文学史首先要“客观地评价”个别作家和作品，“文学史家”可以互换的名号是“批评家”。普实克在他的书评中说：“夏志清未有采用真正的文学科学的方法，而满足于运用文学批评家——兼且是非常主观的批评家——的手法。”普实克的学生史罗甫的批评更苛刻，他指摘夏志清作为是“无系统的”、“孤立的”，并且“脱离历史”，其结果最多只能算是“个别读者的主观印象”。可是夏志清从没有想过要把文学史家和批评家的工作范围作出区分；他的回应引述了韦勒克在《文学理论、文学批评，与文学史》（1961）的话：文学研究者“必须先是一位批评家，才可以成为文学史家”，因为，韦勒克认为文学作为艺术品，“本身是一个价值的结构”（structure of values），所以文学的研究就有“判断的必要”、要求有“审美的标准”。

这个时期的韦勒克在耶鲁大学任教，思想与“新批评”学派非常接近；他对文学史和文学批评的论述，和夏志清的老师、“新批评”的健将，勃罗克斯（Cleanth Brooks, 1906—1994）一样，对实证主义式的文学史书写表示不满。勃罗克斯在多年前，已写过一篇《"文学史"对比"文学批评"》（"Literary History vs. Criticism"，1940），批评当时的文学史研究形似"科学"，摭拾堆砌那些不经评论的史实资料作为知识，他的结论是：

> 如果这个（文学）专业对"文学之为文学"缺乏兴趣，它就会走进死胡同。

夏志清对普实克的议论不以为然，大抵可以从"新批评"学派与自19世纪以来以科学为尚的实证主义式文学史研究的抗争这个脉络去理解。不过，普实克的理论资源虽然讲"文学科学"，却与"新批评"所针对的科学主义并不相同，甚至同是站在"科学实证主义"的对立面；韦勒克在《欧洲近期文学研究中对实证主义的反抗》（"The Revolt Against Positivism in Recent European Literary Scholarship"）一文，就举布拉格学派为反实证主义其中一个突出的例子。夏普之间，或者"新批评"与"布拉格学派"之间，其实异中有同，都是以"文学之为文学"作为思考的中心；只是前者的文本中心意识比较强，而后者则以文学过程为重。两人的争议，其关键就在这不同的着眼点。值得注意的是韦勒克原毕业于捷克查尔斯大学，也是布拉格语言学会的成员；他早年发表的《文学史的理论》（"The Theory of Literary History"，1936）一文，是这个学派的重要理论文章。文中正好对"文学史"和"文学批评"作出区辨：

> 在文学评价这个问题上，文学史家和批评家没有什么不同；他们的真正分野在于一个重点：文学批评家究心于个别作品或者作家，而文学史家要追踪文学艺术的发展。

四　建构“伟大的传统”

在夏志清的意识中，文学史家本来就要肩负文学批评的责任；尤其以中国的现代文学而言，已有的文学史论述并不可靠；因此，他以公正的批评眼光，“重新估价”当中的重要作家和作品。缘此路往，据《中国现代小说史》中文版和《新文学的传统》两篇序文交代，夏志清认为自己渐渐体认出“新文学的传统”，甚或“中国文化的‘真传统’”。这个思想历程，其出发点固然是“新批评”的文本中心论，但终点却是满怀道德热诚的利维斯（F. R. Leavis）“伟大的传统”观。

在《中国现代小说史》中文版序文中，夏志清提到“英国大批评家利维斯那册专论英国小说的《大传统》（或译《伟大的传统》，*The Great Tradition*, 1948）”，说读后受惠不浅；《耶鲁三年半》一文再补充说自己治学受利维斯影响，早在上海时已读了利维斯的《重估价》（*Revaluation: Tradition and Development*, 1936）及《英诗之新方向》（*New Bearings in English Poetry*, 1932），撰写博士论文时深受其启发。从《小说史》到他著名的“情迷中国”论（“Obsession with China”），夏志清的人世关怀表露无遗，当中利维斯的影响亦不难察见。同此，普实克的文学论其实也不乏社会关涉的讨论，其思想根源可回溯布拉格学派以文学为符号的“社会功能”论，再加人本精神的马克思主义思想。夏普两位学者于社会人生关怀的异同表现，以至其思想渊源的比照，值得另文进一步讨论。本文先从文学史观之形构面向，就利维斯与夏志清的关联作一分析。

韦勒克在《现代文学批评史》第五卷（*A History of Modern Criticism 1750—1950*, Vol. 5, 1986）中评述利维斯的贡献，说他是“艾略特之后最有影响力的英国批评家”，称许他“以文化对抗文明、以体现价值的领悟对抗科学的解释”，完成了“每一位人文主义者所应履行的任务”。我们在众多评论利维斯的著述中选择引述韦勒克之言，是因为韦勒克在该卷批评史出版之前半个世纪，曾经和利维斯有过一场笔战，而这场笔战与夏志清及普实克的辩论又有其相近的地方。

1937年韦勒克投书到利维斯主编的评论杂志《细察》（*Scrutiny*），对《重估价》一书提出意见，赞扬作者“秉持20世纪观点以重写英国的诗歌史”；不过他希望利维斯可以为书中的评论基准作出“更清晰的”和“系统的”说明，对所站的立场作“更有抽象意义的辩解”。利维斯却不以为然，他以编者的身份在杂志回应，指出抽象概括的解说只是“哲学”的要求；“文学批评”是另一种学科，重点是阅读作品的实际经验，“理想的批评家就是理想的读者……哲学是‘抽象的’，而诗歌是‘具体的’；……文学批评家的工作是要取得一种完全的（读诗）反应，并尽可能将他的反应展现为评论”。两人的争论在于对文学论述的不同要求。韦勒克主张文学史研究（他以为利维斯是在“重写英国诗歌史”）应该提升到概括的、抽象的思维，对所下的判断作出“系统的”解释；利维斯则认为自己从事文学批评，对象固然是具体的作品，而所作的评论也是具体的阅读经验的文字呈现。他觉得韦勒克的要求只适用于哲学的范畴。

利维斯主张批评家的职责在于实质的判断及具体的分析，大概同于夏志清之以作家作品的鉴别评论为《小说史》首要任务的想法。在言论上，利维斯从不认可文学史书写的重要性；反之，他却最能宣扬文学批评在现代文化的意义，致力以文学批评推动文学教育。事实上，英国大学的“文学”的学科地位，正因为瑞恰慈和利维斯等剑桥学人所倡导的“批评”方法，而得以奠定巩固的基础。但换一个角度来看，从《英诗之新方向》、《重估价》到《伟大的传统》，以至不少其他论文，利维斯一直在重写英国（后来更连及美国）文学史，表现出独到的文学史观。尤其影响夏志清《小说史》书写的《伟大的传统》，其一特色是只有少数几位小说家可以进入他所核定的“伟大的传统”：如奥斯汀（Jane Austin）、乔治·艾略特（George Eliot）、詹姆斯（Henry James）、康拉德（Joseph Conrad），以至狄更斯（Charles Dickens）等。他所采的大概是“排除法”，不少文学史上的著名小说家都不入法眼。夏志清曾在《现代中国文学史四种合评》（1977）一文说：

> 英国维多利亚时代，还没有电影、电视这些娱乐媒介，当时读小说的人真多，而且可读的小说家数目也真大。但至今供人研读的为数不到十位，而且英语系统国家觉得每个读书人非读不可的大家只有两位：狄更斯和乔治·艾略特；连萨克雷和哈代也比较次要。一部严正的文学史不仅是为当代人写的，也给后代读者作了最谨严的鉴别。

这个论调，基本上就是《伟大的传统》中的判断。利维斯的“最谨严的鉴别”，排除了许多知名作家，选立了非常有限的几位，当然是在打造“正典”（canon-making），建构一个可供体认的文学传统，重新书写文学史。还有一点值得注意，就是这个文学传统的结构方式，不在于被选定作家本身的谱系血缘，而在于利维斯根据自己的“细察”，判定个别小说家之为伟大，而将之集结成一个“传统”。除了艺术的考虑，利维斯最重要的基准是“一种充满生机地感应经验的能力，一种面对生活的虔敬虚怀，一种明显的道德热诚”。

利维斯建构“伟大的传统”的思维，大概成了夏志清研究中国现代文学的楷模。他在《小说史》中文版“序”说：

> （如果）我们认为中国的文学传统应该一直是入世的，关注人生现实的，富有儒家仁爱精神的，则我们可以说这个传统进入20世纪后才真正发扬光大，走上了一条康庄大道。

《现代中国文学史四种合评》又说：

> 经得起时代考验的文学作品都和“人生”切切有关，揭露了人生的真相，至少也表露一个作家自己对人生的看法。

批评基准与利维斯相差不远，而《中国现代小说史》也开始在建立“利维斯式”的一个“新的传统”。当中的结构方式也很类似，《小说史》虽然有六百多页，但正面讨论的作家并不算多，特别是与常见的中国新文学史相较，其严选的意味很强烈。当然，夏著更惊世绝俗的是在这个严选的单子中收入张爱玲、钱锺书、沈从文、张天翼、师陀等当时文学史所疏略的名字。他在回应普实克时说：

> 对他（文学史家）来说，一位与时流迥异、踽踽独行的天才，可能比大批随波逐流的次等作家，更能总括一个世代。

“文学批评”或者“文学史”本来就离不开价值的判断；无论利维斯或者夏志清，在设定一个稳当价值标准之后，就能够以之“断千百之公案”。夏志清当时的惊世之论，现在已广为学界接受，说明他不受前人论见所囿之可取。

我们说利维斯的“传统”是由批评意识所构建，表示其间存在某种构连的作用力；虽则当中的个别单元数量仅是寥寥，但利维斯所赋予的“伟大”内涵，足以令这些个体互相构连成“整体”。夏志清的《小说史》所论同样不多，他在原书序文说自己作为“文学史家”，从浑沌中“清理出一定的秩序和模式”，以之与“共产主义论述中的现代文学传统”，以及“影响现代文学的西方传统”，作出比较。这样说来，夏志清《小说史》虽然重点在于卓越作家和作品的“发现与鉴赏”，但其间思维既然有“传统”的意念存乎其中，则不能说完全没有“整体”的考虑，只是他也和利维斯不打算向韦勒克交代一样，认为不必要就此作系统概括的说明。

五　结论

至此，或者我们可以作一个简要的总结。夏志清与普实克同样对现代中国文学研究作出过重要的贡献。二人不但开风气之先，各自的研究成果至今仍有极大的参考价值。两位学者之间的论辩，代表了两种研究方法的碰撞。大家都认为研究应得出客观的、可供验证的成果。然而，究竟要怎样才能找到客观的“真相”？双方回应这个问题时就有不同的进路。普实克论述的前提是：文学乃一超越个别殊相的结构，随着时间的推移，文学又化成不断演变的过程结构；这过程的结构繁复多端，必须以“科学的”方法、“客观的”态度，才能发掘出结构的全貌；而这个全貌或者“整体”本来就与个别元素如作家和作品等，互为作用，非兼取不能得其真相。至于夏志清则主张研究由个体出发，“客观”的重心在于研究主体之不存偏见，对研究的客体作实证实悟的深入探究，由个别领会所得的经验，叠加积累，再慢慢掌握其间隐隐存在的传统。

从方法论而言，普实克背后的布拉格学派倾向精密系统的思考，所照顾的层面比较周到；然而所设想的超越个体的“文学结构”，其存在模式毕竟难以实证，只能视作一种潜在的可能。尤其当时普实克认同中国的左翼革命论述，以之为议论推展的“事实”根据、“客观”基础，而不敢置疑，以致理想和现实界限不清。当论述的发展逻辑与现实走向有所分歧时，普实克所作的许多历史判断就因为这个可见的落差而显得失效。至于夏志清的进路，无论是出诸耶鲁学派之以文本为宇宙的学说，还是利维斯以文学包融人生、文学为人文精神枢纽的论述，其用心经营处都在于个别殊相与具体感应；批评家实证实悟的能力比所依仗的研究方法更为重要。精彩的批评家如夏志清，就立下不少实际批评的典范。然而，正如利维斯建构英国文学的“伟大的传统”，其存在的“现时性”比“历史性”强，夏志清《中国现代小说史》的功绩也不在于这一段历史过程的形塑，而在于“卓越的发现与鉴赏”。普实克的弟子高利克（Marián Gálik）在多年后的一篇文章《普实克：他的学生所见证的神话与现实》(1990）中检讨这次夏普之争说：

> 这次对决没有所谓谁胜谁负。但我们有需要声明，普实克的其他研究比这次辩论表现好，所有中国现代文学的后学应该多花时间在他的其余著述之上。

我们认为高利克言之有理。普实克的确有不少论文写得比这长篇书评好，对后来研究者启迪甚多。夏志清亦如是，他更成熟的观点，如“情迷中国”论，如“新文学的传统”说，在与普实克笔战时仍未发表。若果我们“让历史作裁判”，则这次对决还是各有胜负。在个别作家的评断而言，夏志清当日出众独到的眼光，得到后来文学史的肯定；这说明了有效的“文学批评”，足以令“文学史”改写。至于普实克的贡献，不在评价而在分析；他所描述中国现代文学史的“抒情的”与“史诗的”动向，对晚近的研究还有巨大影响。然而他对文学史发展趋势的把握，并非得之于逻辑运算或者科学测量，而是通过他对整体文学活动的感应体会加上细密观察而达至。换句话说，他的贡献正好说明了“文学科学”不等同“自然科学”；“科学”在此的意义，回到“Wissenschaft”所具备的人文精神源头，也就是博学审问、慎思明辨。普夏之辩，意义固不在两人高下之分，而在于帮助我们思考文学史学（literary historiography）的弹性和幅度，如何容纳不同面向的释义与评价的活动。

附录：文学的力量

——陈国球教授访谈录

张　晖

一

张晖（以下简称"张"）：陈老师，您好！您的研究领域很多，我想，是否可以请您先介绍一下您目前所从事的工作？

陈国球（以下简称"陈"）：我目前在香港教育学院语文学院规划新的课程，想设置一个中英文兼修的课程，这是我对如何研究中国文学的想法的一个投射。我的理想是：在香港，甚至其他华文地区主修中文的人要兼通西学，学英文的不要不懂中国文化。我希望研究中文的要有一个宽广的视野，这个理念落实下来当然不易，我也只是尝试而已。另一方面，我在设计课程时希望避开"比较文学"这个学科，我认为比较文学是一种方法、一种态度，本身不构成一个 discipline；不过比较的视野是需要的。这些年学界又重新开始提世界文学（world literature）这个概念，这是从歌德那里来的，歌德认为文学应该从世界的角度来看。现在我们认为，文学不能只停留在国族的文化里面，我们应该注意文学的不同层次和面向。其中包括外来文学的进入，比如西方文学透过翻译或者其他渠道进来后，对固有的"看中国"、"看中国文学"的方法和态度就会有影响，有所扩充、放开和改变；这和简单地把中西的文学拿来比较是不同的。戴若什（David Damrosch）的两本书《什么是世界文学》（*What is*

World Literature, 2003) 和《如何读世界文学》(*How to Read World Literature*, 2008)，都给我们启发。我倾向于认同这种看问题的态度，事实上现在的世界就是这样多元共生的。在世界文学的框架下，什么是“中国”、什么是“文学”，都需要重新界定。比如说，“文学”的概念如此现代，那我们能回到传统吗？2007年在中国社科院文学所开会时，我曾提过一个问题，后来在台湾的一次座谈我又重新提起，那就是传统有没有“文学”？过去有没有“文学”？其实我们都是在用现代的概念去理解过去、理解传统。我们今日若谈论古典文学，就必须拿现代的文学概念向传统中去寻找。追查的过程中，会不太满足目前文学的定义，然后再来重新修改定义。相对而言，哲学界一直在问有没有中国哲学。而研究中国文学的比较少思考这个问题，我们似乎一开始就相信中国是有现代观念的“文学”的。

张：我这两年在给研究生上中国文学批评史的时候，也注意到了这个问题。现在所讲的文学，不等于过去的集部；诗文评类的著作也不能指向目前所有的文学。所以我就集中讲诗论。一来诗论在传统中历来视为正宗，可连带触及其他理论问题，二来可顺理成章地躲掉“文学”这个概念带来的一些麻烦问题。

陈：从理论的角度来讲，诗论看起来好像比较正宗。可是，诗论能解决目前所谓的中国文学史的过程吗？至少现在的文学史论述远远超过诗。但从你这样的上课方式，倒是可以谈到我目前正在从事的“抒情传统”研究。抒情传统论者就认为诗是最重要的。林庚说中国是“诗的国度”，闻一多也这么讲。“抒情传统论”认为诗在中国是最重要的文类，然后引申出去，看到其他文类如小说、戏剧等其实也包容了诗的元素。我想，“抒情传统论”是一种对过去的解释。通过“抒情传统”的概念，我们可以看到所谓的中国文学的特点；但“抒情传统论”一定也有很多中国文学史的问题解释不了。比如有人说，中国除抒情传统外，是不是还有史传的传统、文的传统等等呀？但史传和文的传统是不是也可以归结到从主体出发到主体认同？从主体出发，找到另一个主体跟它认同，这就是“言志”、“知音”，也可以利用它来解释史传传统，被视为“无韵之离骚”的《太史公书》就可以作如是观。从这个角度来看，“抒情传统论”的解释力量其实不能小觑。一般人只从“抒情”二字作表象的猜想，以为这不过是讲小我的感情宣泄，甚至贬为“风花雪月”；这就把中国的“抒情传统”看轻了。西方从浪漫主义下来才重视的这种追寻，在中国却很早就开始了。虽然中西文学不是二元对立的，但总的文化趋向毕竟有所不同。所以，“抒情传统”作为一种解释和论述，有其存在的意义。当然要挑它的毛病也容易，“抒情传统论”肯定不可能全面的。但哪里有一种论述可以解释所有的文学现象呢?!把文学史全部照顾到，这不是“抒情传统论”的追求。之所以要从抒情传统来谈问题，是因为中国文学要定位，是因为中国要面对世界，寻找自我。它要参照西方来给中国传统定位，是中国面对世界、寻找自我的一种努力。所以，放在这个文化脉络来看，你用诗论来代表中国文学批评，自然可以。

张：关于抒情的问题，我想起张亨的《〈论语〉论诗》一文。他说“小子何莫学夫诗”一章中，从“兴、观、群、怨”到“事父、事亲”再到“多识于鸟兽草木之名”的顺序明显地暗示出《诗》的不同功能的重要性的递减。小孩子自然可以将《诗经》当成教科书，但“诗可以兴”还是最重要的。其中“兴”、“怨”等功能无疑都和今日我们所论的抒情有关。

陈：张亨的论文确实非常精彩。哪个功能重要，哪个功能不重要，其实是一种历史性的判断。我想，意识到其中有所不同，比强调秩序以及怎么不同更重要，因为次序的排列在不同的时代与不同的社会有不同的表现。这种“价值等级”（Hierarchy）本身会不断地变化，各层级在不同的场合和时代有着不同的重要性。但张亨的说法确实可以帮助理解中国人如何面对文学的问题、经籍中存在的“文学性”（literariness）有何文化意义。这会让我想起陈世骧在谈抒情传统以外的另一篇文章《中国文学的文化本质》（*The Cultural Essence of Chinese Literature*），文中他有一些超越他那个时代的看法，比如他讲“文”是 a unifying force，在整个中国文学文化传统里，他认为“文”是可以把很多东西串联起来。我觉得这个讲法相当有意思。我们刚才一直在讲诗，其实还有“文”这个字。最早的时候，文包括诗，文大于诗。我们从《文心雕龙》里就可以看到。文无疑是中国传统里的一个重要观念，但不同时代对文有不同的解释，现在我们完全可以从文这个概念出发，来把中国的文学思想重新看一次。但从“文”和从“诗”来看文学传统，路子有点不同。文的出发点是 form，是 appearance，诗主要讲的还是内心的部分，是主体的部分。文和诗合起来看，或许比较完整。但从中西对照来说，心的部分是中国文学比较特殊的部分，所以我们现在讲得比较多。但文透过什么方式来达到诗最原始的追求，弄清楚这点，或许可以看到中国文学和文化传统中安顿心灵和安身立命之所在。

张：谈到文的问题，我想到《文选》。《文选》的宗旨是“事出于沉思，义归乎翰藻”，但里面很多文类我们今日也很少会将之视为文学了。

陈：我所思考的不仅是文类的问题。《三国演义》里说到陈琳《为袁绍檄豫州》的力量，可见古人认为文字有一种 magic power。敬畏也好，重视也好，文学不也是这样吗？

张：那文学和孔子所说的“乱臣贼子惧”的史书有何区别呢？

陈：在中国，文、史确实可以不分，都是通过“立言”来获得力量。一种是现代多强调的感情的力量，可以畅快地抒发一下。而另外一种就是我们刚刚提及的力量，是告诉你对错以及感召的力量。所谓文学的意义，不就是在发挥语言文字的力量吗？要重新定义我们的文学，我们就要思考文字在文化传统中发挥什么力量。从古至今，文学从来都在发挥着某种力量。否则，文学要用来做什么呢？

我最近也在思考文学批评为什么会作为一个学科出现。我想是为了帮助我们理解什么是文学。过去，文学是透过创作来帮助人完成某种人生意义的。现在，文和自我的关系，主要是透过阅读来实现沟通的，大多数人通过阅读来完成过去文人创作的功能。现在还把文学放在教育体制里，在大学里，文学作为知识来传授。认为文化就寄存在文学中或者说重要的文学经典中，这其实是一种信念，是没有经过检验的，谁说民族精神就一定能寄存在文学中呢？这就需要在教育中把文学的知识体系化，告诉大家李白和杜甫怎么样，好让下一代来理解和接受。我正在撰写这方面的论文，很快将会完成。

张：听了您的话，让我感到您的关怀所在。现在知识的梳理越来越细，学者之间也各说各话，做自己的小课题。特别是古典文学，因为需要很多知识，所以更容易形成壁垒，只在自己的领域中研究，就不关心背后的问题了。您对文学本质问题的反思无疑是启人深思的。

陈：如果没有背后的思考，知识就很容易成为工具而已，很可惜。实际上，把文学变成知识之后，文学反而会成为非必需品，是可以随时被拿掉的。文学研究者一定要有更大的关怀和思考，这可以帮助一代代人彼此沟通和理解。文学承载一个发挥象征意义的系统，它负载的世界远大于我们生活的物理世界。文学的意义可以是实用的，但它要承载更大的责任。

二

张：大家都视您为香港学者，您能不能从香港的角度来谈谈您的学术过程？

陈：“香港人”是很复杂的概念。以我个人的经验来讲，从小就觉得自己是个中国人。英国只是一个存在，是交水电费、电话费时需要面对的一个存在。也没有所谓的“香港”意识，那只是一个居住的地方而已。像读书时老师要大家熟背中国各个省份，国文课也讲授《风雪中的北平》、《大明湖》等。今天可能不太一样了，今天觉得“中国”是一个当下的政权。以前的“中国”只是一种感觉，距离很遥远，但又好像很熟悉。教科书上讲岳飞、秦淮河等，都感觉很亲近。但居住的地方如旺角、大角咀，却从来没有在语文课堂上出现。我们身在何方？眼前的是什么国家？慢慢这些困惑就出现了。“中国”原来是可以变化的。现在谈“中国”会感到它与政权、制度、社会等密切相关，而以前主要是个“文化中国”的意义。这是我们处身的时世的变化。

张：当代文学史书写似乎只能把台湾、香港另列，因为大陆部分背后贯穿的问题与港台不同，就很难整合。

陈：现在在北美好多汉学家提到Sinophone Literature，史书美、王德威两人讲得比较多，绕过了“民族国家”的界限，改从语言文字、符号等角度进入，给马华文学、台湾文学、香港文学等定位，这种论述有快十年了。这种当代的思维寄托很多的希望在语言上，希望在民族国家这种思路之外，寻找另一种出路。比如语言关系到尊严，似乎是小孩子的游戏。用语言骂你本来是不会有肉体的痛楚，但却发挥了物理之外的力量。你说文学很虚幻吗？又有很实在的力量。文学有“象征”的意义，超越文字本身。因为人的生活中，肉身所面对的世界远比人所承受的精神世界要小，人在脑袋里想的东西远远超过我们居住的空间。语言能够带来很大的精神的意义和力量，文学在其间就扮演着重要的角色。陈世骧强调文学可以作为对抗黑暗之光（Literature as Light Against Darkness），意义就在这里。这就是我们为什么需要文学，而我们的教育之所以还需要文学，就是要把学生领到这个精神世界中，让学生领悟这精神世界的力量。如果从事文学研究的人，从来不思考这个层面的东西，那只是工匠而已，甚至连技工也不如。

张：对于文学研究和文学教育等反思，大概是从什么时候开始的？怎么进入港大中文系的呢？

陈：在香港，进大学中文系的人大概有两种，一种是考不上其他学系，一种是因为喜欢中文。我是英文中学出身，念的是理科。幸与不幸，高中时碰上一位台湾大学毕业的老师，很有学问，又是早年香港文社的活跃分子。当时香港政府不承认台湾的文凭，老师很受委屈，但仍然用心教学，给我们很多文学感染。受他影响，结果考入中文系。当时香港大学文学院要求一年级学生最少要选两个系的课，我就选了中文系、英文系、哲学系，二年级开始专读中文系。这一年碰上黄兆杰老师，带给我很多很多新的思考。黄老师深受英国浪漫主义下来到新批评的影响，他讲中国文学批评，以叶燮《原诗》为中心，古今中外旁征博引，大讲康德、柯勒律治、艾略特等的批评观念，与中国传统参照比读。我的兴趣就从现代文学跑到了文学批评研究。当时刚好又是"比较文学"的研究方法进入香港的时刻，一大批学人从美国回到香港，如陈炳良老师和周英雄、钟玲、袁鹤翔、郑树森、梁秉钧等，分别在香港大学和中文大学任教，给中国古典文学研究带来了新视野。当然港大也有很传统的老师，像罗忼烈老师，给我们专讲杜甫诗和周邦彦词。

张：像黄兆杰先生，是很多学生都喜欢，还是只有您受他影响？

陈：很多人喜欢，但也有很多人非常不喜欢。因为他上课比较凌乱，比如上中国文学批评课，他只讲叶燮一家，但由叶燮

《原诗》作中心，串联中外文学批评的观念，很多同学跟不上他的思路。我至今还保存着上课时抄录的笔记，以及课后到图书馆复查他口述的批评资料的摘录。他人很nice，很gentleman，长得又英俊潇洒，天生容易让人喜欢。他还演话剧，甚至演电视剧，当男主角。

张：好像港大老演话剧？《色戒》里就有。

陈：哈哈。我也演话剧啊，我演过改编的《傲慢与偏见》，也演过田汉的《关汉卿》。前辈学长如何文汇演哈姆雷特，风头更健，已经接近专业了。那是当时港大的生活，也是英文学校的传统。我不是优雅贵族家庭出身，但在这个环境里，大家就有这样的追求，现在想来傻傻的。像黄兆杰老师，港大念硕士时是饶宗颐先生的学生，研究《昭明文选》，后来念牛津的博士，博士论文研究"情"。现在看来不是很时髦吗？研究一个关键词。我很想把黄老师的这本博士论文整理出版。

张：那您和黄继持先生是怎么认识的呢？

陈：黄继持先生是港大中文系出身的，也是饶宗颐先生的学生，饶先生编《文心雕龙》专号时，就收了他的文章。黄先生硕士论文研究明代泰州学派，当时没有留校，去了崇基书院任教，书院后来并入中文大学。我做博士论文的时候，陈炳良老师问我想请哪位当校外委员，我想到了他，就是因为喜欢他研究的泰州学派，喜欢他的深刻。后来我出版博士论文，请他写序。

黄先生的经验也是比较特殊的，他后来也做现代文学和香港文学。当时很多老师都说现代没有文学，香港没有文学。我们大学文学专业要修八个papers，初时只有半个paper是现代文学，其他全是古典的。我毕业那时，已增加到一个paper。上半部分张曼仪老师讲诗和散文，下半部分陈炳良老师讲小说，特别重视张爱玲。当时还没有人在大学讲张爱玲，陈老师可能是第一个。他还讲心理分析，讲得非常精微深入，我就跟不上了，但都感到亲切。

现在回头看，当时陈老师等一批人很用力地去推广“比较文学”，不光是在大学里面，更成立学会，到社区演讲座谈。当时确实出现过推动学术的热情，对文学、对他们所掌握的现代方法，他们都非常自信。

总的来说，我当时所受的影响，一个是老师们，像继承传统的罗忼烈老师、留学英国的黄兆杰老师，以及刚从美国回来的陈炳良老师等；另外就是一群台湾的朋友。他们对学术有很多想法，想突破旧的学术格局：例如撰写论文无非按照生平、交游、作品风格分类和修辞分析等写下来，研究套路不问可知。台湾中文学界受到外文系的冲击很大。外文系人如颜元叔等学得西方的批评技艺回来谈中国文学，规圆矩方，有程序有方法；中文系师生不一定同意他们的结论，但习惯于传统研究方式的老辈根本不懂得怎样去回应。黄景进、颜昆阳、龚鹏程、蔡英俊、吕正惠等不满台湾老派中文研究的因循，也不满外文系的气焰，立意要重新读文本，要重建中国文学批评，用现代的语言解释传统文学批评的概念，从了解传统的批评进入中国文学的历史世界。通过通信、聚会，我也开始理解他们的工作，在他们的启发下去编《香港地区中国文学批评》。

张：您当时编了这本书，有没有发现在香港从事文学研究的特殊性？或者说，香港这个地方有着怎样区别于大陆和台湾的不同学风？

陈：编《香港地区中国文学批评》有客观的原因，是受到台湾朋友的邀请。他们邀请我是因为有一个思考，他们要做台湾的，就希望我做香港的。这表示他们有一个想法：不同地区可能会有不同的学风。当时香港很多人说香港没有文化，外面的人也这么说，大家说得都很兴奋。但为什么会有这样的情况出现呢？我觉得原因在于香港的学术累积没有人整理。其实香港有很多勤奋的学者，但得不到别人的承认。这很可能是大家没有思考香港本地的学风，这种想法最初只是猜想。此后才开始主动地寻找和整理。在这个整理的过程中，发现香港的学术发展有继承，也有发展。它和大陆的学风不同，不过这种不同不是突然出现的，而是和以前的学术传统相联系的。也有一些不同于 1949 年以前的新的（现代的）学风，这就看到了香港的某些特殊的学风。这些特殊的学风就慢慢地带出来各种新的可能性。

我之前硕士论文研究胡应麟，对论文的架构就考虑很多。我觉得以前很多论文就像在中药店里的行行列列的抽屉抓药，写到什么就往抽屉抓一把，各章节没有什么内在的联系。最早要研究《诗薮》的时候，老师说这很零碎。我说应该不是，不是有内编、外编吗？碰上陈炳良老师是我的运气，老师给我空间，他听我说了之后，就答应让我试试。我于是按照自己的想法去写，希望写的每章、章与章之间都有所关联。现在来看，写得当然很幼稚。但当时流传到台湾去，他们蛮喜欢我的论文，可能对他们也有一些刺激。你去港大看当时的硕博士论文，可见我的写法在当时不是寻常的，所以写的过程中是有压力的。现在来看，就一点不稀奇了。但胡应麟研究对我自己而言是有意义的。我的好多思路都是从胡应麟研究开始的。

张：具体说说呢？

陈：比如我一直思考为什么要读文学？研究胡应麟时，我注意到胡应麟也有如何面对过去的问题。那么他为什么要用这么一个架构来谈历代诗呢，他在想什么呢？我觉得胡应麟在把过去的诗学变成一套系统的知识体系，他面对的是过去，并且把过去带到面前，变成一套可以理解的文学史。这些思考，就把我带进文学史的问题中去。我想，我们今天还是如此吧。我们为什么要读文学史？文学史就是要把过去大量的庞杂的经验变成一套知识体系，带到我们面前。我们今天读李白、杜甫，才知道应该把李白、杜甫放在什么位置上去理解，而不是单纯地去面对一首首具体的诗。这种思路发展到后来要写《唐诗的传承》，就是顺流而下了。我们今天知道的文学史，很多是明代复古派建构出来的。那时候我也开始知道接受美学和捷克的结构主义，所以明白文学的意义不光是过去的作品如何出现，主要还是过去的作品如何来到现在。怎么接受面前的作品，如何面对庞杂的过去，就是中文系的学科任务。

所以，从胡应麟开始，到后来的文学史研究，对我来说是理所当然的一条路。中间也读了一些新批评、结构主义的理论，这些西方的学问帮助我思考如何去理解中国的文学和传统。我不崇拜西方文学理论，我只想知道这些西方理论是在回应他们的文化环境的什么问题，我们面对中国文学文化时的反应，和他们可以有些什么异同。换句话说，西学的用处，对我来讲，主要还是在于它带给我多一些看问题的方法。从台湾 80 年代以来的情况来看，中文研究面对的也主要是这个问题：在西潮冲击下，传统如何和现在构成一种关系？外文系提出种种解说，说得头头是道；中文系内心不服，但话语权好像失去了，焦虑感特别强烈；年轻一辈就努力把中文研究现代化。在香港的学界，没有中文系和外文系的对立，香港的外文系讲英国文学就够了，不需要碰中国的东西；反而是中文系的人要去了解外国的东西，要在以英语文化为尚的环境为中国文化发声。因为这些经历，所以我认为，应该把中国文学放在一个更大的视野中去看，才能看得更清楚。我在《镜花水月》的序言中提到“照镜子”，就是这个意思。不过以前想得简单，现在反而感觉越来越不容易。人生啊有时候像一本书，有时候又不像。书的内容会起承转合，最终会有一个结果；如果是一本侦探小说，最后总会水落石出。人生很难说一定见到结果。不过人还是会问问题，希望一页一页翻下去。没有答案，只有追问。除非你的人生找到了新的方向，否则只好一直追寻下去。你觉得呢？如何想的？

张：是啊，您说起这些大的感慨，让我想起我眼下的困惑。一个是没有尽头的巨大的知识传统，让我喘不过气来。自己拼命用力，也只能在少数几个领域里工作，更不要说有好的成果了。知识传统的压力很大。另外一方面，我现在觉得根本没有能力对很多现实问题和现象进行解释、解惑。传统的知识并不能帮助你解释现实的问题，我不要求解释股票、楼市之类，但人心怎么办？社会往哪里发展呢？国家怎么办呢？小到学术怎么发展，我们单位怎么啦？我都没有办法看到问题的本质，我怎么老看不到问题的本质呢？一方面我想我的思考能力有限，比较笨，聪明人肯定可以。另外一方面是不是我从事的文学这个行业就没有办法解释这些问题呢？那我为了解释这些困惑，要不要找一个更有威力的专业来进行学习呢。有没有这样一个专业呢？儒家从来要求读书人能对社会发言，我也一直相信，半部《论语》治天下，其实质是将有效的知识转化为一种思考的能力。但我目前没有做到，我应该怎么办呢？

陈：怎么讲呢？我们还是要从根本做起。要相信要有大用，要思考什么是大用。所谓大用，过去所谓的世道人心是有道德标准和政治理想的，士人根据这些标准和理想去面对世界。我们今天这个世界，实用性的部分科技已经帮我们解决了，但终归有一个真理性的部分。我们如何去到那个“真”的境地呢？比如中文系的人面对的主要是语言文字，我们要在文学中抉发语言文字的力量，安顿人心。另外，我们应该通过文字去影响或教育他人，去帮助他们更好地面对这个世界。这就是我们的意义。所以，文学绝不是知识的扩张，而是彰显心灵的力量。“泪眼问花花不语”的意义远远超过这七个字具体所指：有人流眼泪、提问，和花儿没有回应，它散发一种力量，让我们体味那种情绪、感怀、生命经验……。如果学生都能在文学中领悟到这种语言的力量，就可以帮助个人更好地面对现实和超越现实。除非以后没有语言文字，或者语言文字彻底丧失它的象征意义，否则文学终究是对人有益的。古典的东西离我们远一些，就更需要专家之学将《离骚》、杜诗更好地带到我们面前来。

文学有一种力量，可以帮自己安顿心灵，也可以透过文字去影响他人。这种力量不仅是知识的掌握，更可以帮助我们超越物质文化的限制。人对文学的爱好或者体现了人超越自我的追求。

三

张：您前些年最重要的工作是探讨20世纪的文学史著作，您能否从您编《文学史》开始谈谈这方面的工作？

陈：香港、大陆、台湾在20世纪80年代都开始思考文学史的问题。大陆开始改革开放，过去以教科书形式为文学史规划一个不容许改变的内容，这种僵化的文学史开始受到质疑。因为教科书在大陆是太过重要的意识形态的载体，所以大陆学界非常关注“教科书式的文学史”，希望有所更新，适应这个新的“启蒙时代”。香港没有类似的问题，但1984年中英联合声明签订之后，大家开始思考未来；未来无法把握，因为自己的身份也搞不清楚，只好回头去寻找自身的过去。对我来讲，我一直在想中国文化的身份会不会在我们这一辈身上有变化。台湾也刚好经历解严后的新变，开始想文化认同与文学史书写的问题。当时陈平原、王晓明等来香港，就都认识了。台湾学界像廖炳惠、龚鹏程等认识较早。我和香港的朋友想到可以两岸三地共同就文学史问题作一些初步的思考，所以大家开始一起工作。最早是陈炳良老师移席岭南大学后，主编一个丛书系列，让我编一本书，但没有规定题目。于是我就向三地的朋友拉稿，编了《中国文学史的省思》，并用心写了一个导言。后来和他们商议编《文学史》集刊，当时是很有冲动的。编《文学史》时，陈平原等希望刊名叫《文学史家》，我不赞成，认为可以借镜美国的《新文学史》（*New Literary History*），取“文学史”所引发的问题意识。可见当时大家的自我期许不同；当时香港人连文学史都不知道，遑论要当“文学史家”？集刊只出了三辑，加上编成的两本相关的论文集，我再写了一本专书，大概就是我对“文学史书写”研究的微薄业绩了。如今回头想来，总还算是做过一些有历史意义的工作。正如我刚刚所说，我从事这方面的工作，也不是偶发的，研究文学批评和文学史，都是从胡应麟研究开始自然延续下来的。

张：可见有“一以贯之”的思路。

陈：起码是不彷徨的。

张：那目前研究的“抒情传统”是怎么延续下来的呢？

陈：当时的想法是：文学史是对过去的一种理解，文学史不应是定于一尊的书写。我觉得应该有不同的文学史，不同的文学史应该可以看得到作者背后的思考。

张：现在文学史很多，之所以不精彩，还是因为学者个人的关怀、个人的理念、个人的生命，都没有在文学史中出现。只是在知识上有增删，我研究八股文，就把八股文加入。

陈：我觉得文学史可以有不同的理解，文学史可以有十种八种，在它背后应见得出一种时代的共同的理解问题的思路。现在的文学史，常常是知识的叠加，而没有观念的演进。文学的意义是超越纯粹知识的，文学史是帮助我们更好地去理解文学传统的，将传统变成我们生命里的一部分。现在文学史往往缺乏这种追求；文学史的部头可以愈来愈大，但只是知识上、资料上的补充，然后大家都满足了。现在的大学教育是需要知识的体系化，但也要有超越的部分。

带到抒情传统：文学史的作用就是梳理传统，认识这些传统，就是要对内的传承和对外的推介。“抒情传统”就是一种论述方式，这是从中西对比而得到的。你突出的一部分，虽然不全面，但可以说明你更清楚地认识这一部分，是一种有效的论述方式。“抒情传统”不是真理的揭露，而是“论述”方法之一，可以解释一些问题。它是一种诠释的力量，而不是为我们开列更多的知识。

从中国文学史书写出现之初，可知它的受众有两种人：一是学生，另一是外国人。最早的中国文学史是外国人写的，他们想了解另一国的文学、文化。国族文学史的写法都是假定有一种民族精神表现在文学上。“抒情传统论”的文学史观就是把中国文学的一个有别于西方传统的面向突显出来。这必然也有盲点。我们要想的是：突出了抒情传统，能不能帮助大家对中国文学传统有更深刻的理解呢？

我知道“抒情传统”这种说法其实很久，手上的《陈世骧文存》是1976年买到的。现在来看他的观点不新鲜了，很多具体论述被后来的文学史研究超越了。但当时出版的时候，影响了港台的很多年轻人，其中当然包括我。我后来研究文学史书写，就回头去看这些书，发现这些论述方向其实别有深义，它背后的文化脉络值得重新勾勒，论述的历史轨迹可以给我们今天文学史研究许多思考的线索。我又发现陈世骧的说法早有渊源，他的观点是现代的中国文学研究一个重要方向的发展。

还有一点：现在被人引用最多的《中国的抒情传统》一文，由英文中译以后，已经不太准确，再经杨牧删减后收入《陈世骧文存》，把陈世骧的一些措辞谨慎的论述删减掉了，文章变得更加明快，但也让陈世骧的说法更容易为人诟病。所以今天有些学者重读旧文，就照流通版本大加抨击，或者以后见之明来数说陈世骧的不足。这可能不太公道呢！

张：您现在总结抒情传统的问题，希望从中得出一些对学界有益的东西。有些方向我们大概不能再走下去了，有些还可以继续走。那对您个人而言，下一步的研究是什么呢？会回到传统吗？

陈： 我正在思考中国文学批评的问题，我希望更好地去理解文学批评，从而掌握文学和文化传统。这是一种尝试。我最近留心“五四”以来学者对文学批评的思考，其中有一路也是从文学批评来理解中国文学。朱光潜在欧洲读书的时候曾想到中国文学中有“未开发的疆土”，就思考到文学批评。钱锺书也想过中国文学批评的特点，当他在国外时，看到 Saintsbury 的文学批评史只讲西方，不及中国，所以要谈谈这个问题。另外朱自清吸收了瑞恰慈、燕卜荪等人的文学批评论述，回头看中国的文学批评，写《诗言志辨》等。还有郭绍虞想通过中国文学批评史来了解中国文学史。一直到台湾 80 年代试图从文学批评来切入中国文学。我目前在想这个切入途径的意义。

张： 那他们已经做了那么多文学批评的研究，到底对掌握中国文学有多大的帮助呢？或者说，为什么不直接研究中国文学史，而非得通过文学批评史？

陈： 这就关涉到古代和现在之间存在隔阂距离的问题。有一种思路是回到古代，以为古貌可以古心，吟诗作对，弹琴喝酒，穿古人衣服，希望超越时间，想象自己回到古代，以为这样就可以掌握古代了。另外一种就是古今意识的对照，既看古人如何读文学，再看不同年代的阅读有何差异，有何连贯，我们理解的古人形象从何而来。我们看宋人如何看唐代，看明人如何看唐代，这就多了很多基点来帮助我们理解唐代文学。文学不是固定的，“床前明月光”几个字或许是固定的，作为一首诗却是不断变化和累积的。《诗经》的意义是历经汉人、宋人、清人的阅读才来到我们面前的，所以，汉唐人如何阅读《诗经》，都是有意义的。我们要掌握他们的看法，才能掌握《诗经》作为文化成品的意义。我们永远不能回到《诗经》创作的原初时代。今天读《诗经》，离不开文化累积、阅读经验的累积。文学批评就是把累积的阅读经验带到今人面前。这样的话，文学批评不是研究古代文学一个有效的途径吗？

四

张：您是在什么样的情况下去多伦多大学读书？在多伦多最大的收获是什么呢？

陈：当时我已经在浸会教书，主要对中文系的传统有些不满足，不知道自己会不会在重复前人的工作。大学时已经接触到结构主义，一般的说法是结构主义只重视并时的方法，不讲文学史，但我却发现有一路结构主义很看重历时的方法。去多伦多大学，就是希望系统学习这一种布拉格学派的理论。其实在没有去多伦多之前，我已经开始阅读布拉格学派的理论了。当时郑树森从美国给我寄来了一些布拉格学派的资料，读了这些文章，引起我很大的兴趣。因为我对文学和过去的关系一直关心，所以从方法论的角度来读布拉格学派，希望能帮我梳理一些文学史的问题。并在台湾的《中外文学》上发表了讨论伏迪契卡的文章。后来知道 Lubomír Doležel 教授在多伦多大学，就想到那边求学。Doležel 老师是布拉格学派的第三代学者，精通多国语言，是文学理论家，曾和米列娜教授合写过《浮生六记》的论文。Doležel 老师教我很多有关布拉格学派的学问，我以前读书是独自瞎猜，现在老师可以告诉我什么对和什么不对。Doležel 老师还带着我去他主持的一个 literary circle，接触到俄罗斯、意大利、南斯拉夫、沙特阿拉伯很多国家的学者，既高谈文学理论，又讲各自国家的文学经验，我大大地开了眼界。老师刚刚完成《西方诗学》（*Occidental Poetics*），让我看了书稿，当时实在非常惊叹它的精深。另外多伦多大学是 semitoics（符号学）的中心，我也读了许多符号学的书。这个经历对我影响很大，我现在常常从语言文字符号的角度思考文学问题，都是受到这个读书时期的影响。那时曾经想过专心研究西方文学理论，后来觉得自己的关怀还是中国文学，一边读理论，一边就在想中国文学的问题，就像我写《伏迪契卡》那篇文章那样。当时预备写一部《穆卡洛夫斯基》的书稿，在老师指导下完成了四篇论文，80 多页的英文稿，但文稿在计算机新旧更换的期间不幸丢失了。很可惜。如果当时有气力，赶快完成，起码也是一个阶段的总结。现在不敢做了，牵涉精力太多。

今天你问我，我才回想到我一直讲文学的大用，可能就是受到布拉格学派的影响。在捷克的传统中，非常重视文学的 Social Function（社会功能）。Social Function 扩而充之，就是我讲的文学的大用，文学应该有这个部分。

张： 为什么会进入香港文学？希望通过讨论和思考香港文学，最后想获得什么呢？

陈： 我或者可以用卢玮銮作个例子来说明。卢先生最早研究香港文学，是研究中国文学在香港，例如戴望舒、萧红在香港怎么怎么样……。慢慢地，她发现香港为中国文学提供了不同的空间，比如抗战时许多作家在香港的表现和在大陆的不一样。她的思路很有代表性。我不及她万一，但思考文学史最早也是这样。我开始注意中国文学在香港是怎么样落地和发展的呢？所以我去研究柳存仁、司马长风在香港是如何谈中国文学的。我觉得文学是活生生的。香港人应当知道教科书上《落花生》的作者许地山，曾是香港大学中文系的教授；应当知道戴望舒、萧红等曾经生活在薄扶林，以前老师没有跟我们讲这些，或者他们也把这些名字视为纸上的知识。我希望文学活在我们身边，香港文学就是我们身边的文学。

张：作为香港学者，如何发挥对文学研究的贡献？您有没有这种自觉的意识？

陈：做研究，眼光当然不能局限在本土。学者在其他地方有意义，回过头就是对本土有意义。香港地方小，香港学者的影响不一定只在香港。香港这个地方会给学者一个空间，让他对更大的社会发言。影响别人，不是刻意的。

张：谢谢您拨冗给予回答！在这个把文学只当作消遣的时代，还有您这样的知识分子在追问和探寻文学对时代的意义，我们感到由衷的钦佩。谢谢您！这次谈话让我们发现了文学的力量。

参考书目

中文：

丁易：《中国现代文学史略》，北京：作家出版社，1957

丁伟志、陈崧：《中西体用之间》，北京：中国社会科学出版社，1995

中岛敏夫：《关于"文学"的概念》，收入北京大学中国传统文化研究中心编：《文化的馈赠——汉学研究国际会议论文集：语言文学卷》（北京：北京大学出版社，2000），第71—79页

中国史学会主编：《戊戌变法》，收入《中国近代史资料丛刊》，上海：上海人民出版社，1961

孔祥吉，《京师大学堂创建时的新旧之争：以李盛铎为例》，载钱伯城、李国章主编，《中华文史论丛》（上海：上海古籍出版社，1999），第89—105页

方苞著，刘季高校点：《方苞集》，上海：上海古籍出版社，1983

王先明：《近代新学：中国传统学术文化的嬗变与重构》，北京：商务印书馆，2000

王桂主编：《中日教育关系史》，济南：山东教育出版社，1993

王梦凡、刘殿臣：《旧中国高等教育史话》，呼和浩特：内蒙古教育出版社，1991

王尔敏：《晚清政治思想史论》，台北：自印本，1969

王瑶：《中国新文学史稿》，上海：开明书店、新文艺出版社，1951—1953

王晓秋：《戊戌维新与京师大学堂》，载《北京大学学报》，1998.2，第 81—82 页

北京大学、中国第一历史档案馆编：《京师大学堂档案选编》，北京：北京大学出版社，2001

左玉河：《从四部之学到七科之学：学术分科与近代中国知识系统之创建》，上海：上海书店，2004

多贺秋五郎编：《近代中国教育史资料·清末编》，台北：文海出版社，1972 年影印

朱有瓛主编：《中国近代学制史料》，上海：华东师范大学出版社，1986

朱维铮：《求索真文明——晚清学术史论》，上海：上海古籍出版社，1996

竹内弘行：《关于梁启超师从康有为的问题》，载狭间直树编：《梁启超·明治日本·西方——日本京都大学人文科学研究所共同研究报告》（北京：社会科学文献出版社，2001），第 16—22 页

吴汝纶：《东游丛录》（东京：三省堂书店，1902），收入王宝平主编，《晚清中国人日本考察记集成》，杭州：杭州大学出版社，1999 年影印

吴汝纶：《桐城吴先生尺牍》，收入《近代中国史料丛刊》，台北：文海出版社，1969

李先国：《化俗从雅文学观的建立：朱自清与西方文艺思想关系研究》，北京：中国社会科学出版社，2007

李忠兴评注：《劝学篇》，郑州：中州古籍出版社，1998

李长之：《李长之文集》，石家庄：河北教育出版社，2006

阮元校刻：《十三经注疏》，上海：上海古籍出版社，1983

周勋初：《当代学术研究思辨》，南京：南京大学出版社，1993

季剑青：《“实际批评”的兴起：20 世纪 30 年代北平的学院文学批

评》，载《中国现代文学研究丛刊》2008 年第 1 期，第 166 页

林信宏：《由国家对学校教育之意识形态控制论晚清教育法制的继受——以京师大学堂章程（1898）为素材》，载《法律评论》，63: 7–9 合刊 (1997.9)，第 27—38 页

林传甲：《京师大学堂中国文学史讲义》，广州：广州存珍阁，1914

花之安：《德国学校论略》，光绪二十三年（1897）慎记书庄《西政丛书》本

金以林：《近代中国大学研究》，北京：中央文献出版社，2000

姜义华、吴根梁编校：《康有为全集》，上海：上海古籍出版社，1990

姚永朴：《文学研究法》，合肥：黄山书社，1989

胡适：《清代汉学家的科学方法》（1918），原刊《北京大学月刊》，后改题《清代学者的治学方法》，收入胡适《问题与主义》（台北：远流出版公司，1994）

苑书义、张华峰、李秉新主编：《张之洞全集》，石家庄：河北人民出版社，1998

夏志清：《耶鲁三年半》，载《联合文学》212 (2002.6)，第 94—115 页

夏志清：《现代中国文学史四种合评》（1977），收入《新文学的传统》（台北：时报文化公司，1979），第 11 页

夏志清：《中国现代小说史》（中文版），香港：友联出版社，1979

夏晓虹：《觉世与传世——梁启超的文学道路》，上海：上海人民出版社，1991

孙玉石：《中国现代解诗学的理论与实践》，北京：北京大学出版社，2007

徐雁平：《胡适与整理国故考论：以中国文学研究史研究为中心》，合肥：安徽教育出版社，2003

翁飞：《吴汝纶与京师大学堂》，载《安徽大学学报》，24: 2（2000.3），第 96—103 页

郝平：《北京大学创办史实考源》，北京：北京大学出版社，1998

高时良编：《中国近代教育史资料汇编．洋务运动时期教育》，上海：上海教育出版社，1992

国立清华大学中国文学会编：《语言与文学》，北平：中华书局，1937

康有为著，楼宇烈整理：《长兴学记·桂学答问·万木草堂口说》，北京：中华书局，1988

张之洞著，范希曾补正：《书目答问补正》，上海：上海古籍出版社，1990

张希林、张希政：《恢复重建京师大学堂的张百熙》，《北京大学学报》，35: 2（1998），第106页

张毕来：《新文学史纲》第一卷，北京：作家出版社，1955

张灏：《张灏自选集》，上海：上海教育出版社，2002

曹万生：《1930年代清华新诗学家的新批评引入与实践》，载《西南师范大学学报》31.6 (2005.11): 19—22

梁启超：《中国近三百年学术史》，上海：中华书局，1937年再版

梁启超：《清代学术概论》，上海：商务印书馆，1921

梁启超：《饮冰室合集》，北京：中华书局，1989年影印上海中华书局1936年版

梅家玲：《夏济安、〈文学杂志〉与台湾大学》，载《台湾文学研究集刊》创刊号 (2006.2)，第1—33页

清华大学校史研究室：《清华大学史料选编》，北京：清华大学出版社，1991

庄吉发：《京师大学堂》，台北：台湾大学文史丛刊，1969

陈引驰编校：《刘师培中古文学论集》，北京：中国社会科学出版社，1997

陈以爱：《中国现代学术研究机构的兴起：以北大研究所国学门为中心的探讨》，南昌：江西教育出版社，2002

陈平原：《中国大学十讲》，上海：复旦大学出版社，2002

陈平原：《中国现代学术之建立：以章太炎、胡适之为中心》，北京：北京大学出版社，1998

陈平原：《老北大的故事》，南京：江苏文艺出版社，1998

陈青之：《中国教育史》，上海：商务印书馆，1936

陈洪捷：《德国古典大学观及其对中国大学的影响》，北京：北京大学出版社，2002

陈国球：《文学立科：〈京师大学堂章程〉与“文学”》，《汉学研究》23:1 (2005): 第 359—392 页

陈国球：《文学史书写形态与文化政治》，北京：北京大学出版社，2004

陈国球等编：《书写文学的过去——文学史的思考》，台北：麦田出版社，1997

陈学恂主编，《中国近代教育大事记》，上海：上海教育出版社，1981

陈钟凡：《中国文学批评史》，上海：中华书局，1927

普实克著，李燕乔等译：《普实克中国现代文学论集》，长沙：湖南文艺出版社，1987

普实克著，丛林、陈平陵、李梅译：《中国：我的姐妹》，北京：外语教学与研究出版社，2005

汤志钧、陈祖恩编：《中国近代教育史资料汇编・戊戌时期教育》，上海：上海教育出版社，1993

程颢、程颐：《二程集》，北京：中华书局，2002

杨振声：《为追悼朱自清先生讲到中国文学系》，《文学杂志》3.5（1948.10）

杨振声：《纪念朱自清先生》，《新路》1.16 (1948.8)，引自姜建、吴为公编：《朱自清年谱》（合肥：安徽教育出版社，1996）

杨振声：《清华中国文学会有史之第一页》，《国立清华大学校刊》第 22 期，1928 年 12 月 17 日

闻一多遗著：《调整大学文学院中国文学外国语文二系机构刍议》，

《国文月刊》63 (1947.1)，第 1—2 页

赵尔巽等：《清史稿》，北京：中华书局，1977

刘绥松：《中国新文学史初稿》，北京：作家出版社，1956

刘龙心：《学术与制度：学科体制与现代中国史学的建立》，台北：远流出版公司，2002

潘懋元、刘海峰编：《中国近代教育史资料汇编·高等教育》，上海：上海教育出版社，1993

蔡振生：《近代译介西方教育的历史考察》，《北京师范大学学报》，1989: 2（1989）

蔡仪：《中国新文学史讲话》，上海：新文艺出版社，1952

郑观应：《盛世危言增订新编》，台北：学生书局 1965 年影印哥伦比亚大学藏本

邓云生编校：《曾国藩全集（诗文）》，长沙：岳麓书社，1994

鲁迅：《鲁迅全集》，北京：人民文学出版社，1981

萧超然等：《北京大学校史增订本》，北京：北京大学出版社，1988

钱曼倩、金林祥主编：《中国近代学制比较研究》，广州：广东教育出版社，1996

钱穆：《钱宾四全集》，台北：联经出版公司，1998

戴燕：《文学史的权力》，北京：北京大学出版社，2002

璩鑫圭、唐良炎编：《中国近代教育史资料汇编·学制演变》，上海：上海教育出版社，1991

璩鑫圭编：《中国近代教育史资料汇编·鸦片战争时期教育》，上海：上海教育出版社，1990

罗志田：《裂变中的传承：20 世纪前期的中国文化与学术》，北京：中华书局，2003

关晓红：《晚清学部研究》，广州：广东教育出版社，2000

严羽著，郭绍虞校释：《沧浪诗话校释》，北京：人民文学出版社，1983 年第二版

严复著，王栻主编：《严复集》，北京：中华书局，1987

苏云峰：《从清华学堂到清华大学 1928—1937》，北京：生活·读书·新知三联书店，2001

外文：

Atherton, Carol, *Defining Literary Criticism: Scholarship, Authority and the Possession of Literary Knowledge, 1880–2002,* London: Palgrave Macmillan, 2005

Bacon, Alan, "Attempts to Introduce a School of English Literature at Oxford: the National Debate of 1886 and 1887," *History of Education* 9: 4 (1980): 303–313

Bacon, Alan, "English Literature Becomes a University Subject: King' s College, London as Pioneer," *Victorian Studies* 29.4 (1986): 591–612

Baldick, Chris, *The Social Mission of English Criticism 1848–1932,* Oxford: Clarendon Press, 1983

Bartholomew, James R., "Japanese Modernization and the Imperial Universities, 1876–1920," *The Journal of Asiatic Studies,* 37: 2 (1978.2), pp. 251–271

Bergonzi, Bernard, *Exploding English: Criticism, Theory, Culture,* Oxford: Clarendon Press, 1990

Bollack, Jean and Barnum, Priscilla H., "Texts and Their Interpreters: The Enterprise of Philology," *SubStance* 22 (1993): 315– 320

Bradford, Richard, *Roman Jakobson: Life, Language, Art,* London: Routledge, 1994

Brooks, Cleanth, "Literary History vs. Criticism," *The Kenyon Review* 2.4 (1940): 403–412

Cain, William, *The Crisis in Criticism: Theory, Literature and Reform in*

English Studies, Baltimore: Johns Hopkins University Press, 1984

Chang, Hao, *Liang Ch'i–ch'ao and Intellectual Transition in China, 1890–1907*, Cambridge, Mass.: Harvard UP, 1971

Collins, John Churton, "Can English Literature be Taught?" *Nineteenth Century: A Monthly Review* 129 (1887): 642–658

Collins, John Churton, *The Study of English Literature: A Plea for its Recognition and Organization at the Universities*, London: Macmillan, 1891

Colls, Robert and Dodd, Philip (eds.), *Englishness: Politics and Culture 1885–1920*, London: Croom Helm, 1986

Court, Franklin, *Institutionalizing English Literature: The Culture and Politics of Literary Study*, Stanford: Stanford University Press, 1992

Doleželová –Velingerová , Milena (ed.), *Jaroslav Průšek, 1906–2006: Remembered by Friends*, Prague: DharmaGaia, 2006

Doyle, Brian, *English and Englishness*, London: Routledge, 1989

Eagleton, Terry, *Literary Theory: An Introduction*, Oxford: Basil Blackwell, 1983

Engler, Balz and Haas, Renate (eds.), *European English Studies: Contributions towards the History of a Discipline*, Leicester: The English Association, 2000

Freeman, E. A., "Literature and Language," *Contemporary Review* 52 (1887): 560–568

Galan, F. W., *Historic Structures: The Prague School Project, 1928–1946*, Austin: University of Texas, 1985

Gálik, Marián, "Jaroslav Průšek: A Myth and Reality as Seen by His Pupil," *Asian and African Studies* 7 (1990): 151–161

Gossman, Lionel, *Between History and Literature*, Cambridge, Mass.: Harvard University Press, 1990

Graff, Gerald, *Professing Literature*, Chicago: University of Chicago Press, 1987

Groden, Michael and Kreiswirth, Martin (eds.), *The Johns Hopkins Guide to Literary Theory and Criticism,* Baltimore: Johns Hopkins University Press, 1994

Guy, Josephine M. and Small, Ian, *Politics and Value in English Studies: A Discipline in Crisis?* Cambridge: Cambridge University Press, 1993

Hayhoe, Ruth and Bastid, Marianne (eds.), *China's Education and the Industrialized World: Studies in Cultural Transfer. Armonk*, N.Y.: M.E. Sharpe, 1987

Hayhoe, Ruth, *China's Universities 1895–1995: A Century of Cultural Conflict,* Hong Kong: Comparative Education Research Centre, The University of Hong Kong, 1999

Heyck, T. W., *The Transformation of Intellectual Life in Victorian England,* London: Croom Helm, 1982

Horne, Philip, "F. R. Leavis and The Great Tradition," *Essays in Criticism* 54.2 (2004)

Hsia, C. T., "On the 'Scientific' Study of Modern Chinese Literature: A Reply to Professor Průšek," *T'oung Pao* 50 (1963): 428–474

Hsia, C. T., *A History of Modern Chinese Fiction*, New Haven: Yale University Press, 1961

Hsia, C. T., *C. T. Hsia on Chinese Literature* , New York: Columbia University Press, 2004

Hsia, C. T., *The Classic Chinese Novel: A Critical Introduction*, New York: Columbia University Press, 1968

Koeneke, Rodney, *Empires of the Mind: I. A. Richards and Basic English in China, 1929–1979*, Stanford: Stanford University Press, 2004

Lawall, Sarah, "René Wellek: Phenomenological Literary Historian," in Strelka, Joseph P. (ed.), *Literary Theory and Criticism: Festschrift Presented to René Wellek in Honor of his Eightieth Birthday* (Bern: Peter Lang, 1984)

Leavis, F. R., "Literary Criticism and Philosophy," *Scrutiny* 6: (1937): 60–61

Leavis, F. R., *The Great Tradition: George Eliot, Henry James, Joseph Conrad,* London: Chatto & Windus, 1948

Lee, Leo Ou-fan, "Foreword" to Jaroslav Průšek, *The Lyrical and the Epic: Studies of Modern Chinese Literature,* Bloomington: Indiana University Press, 1980

Lehmann, Winfred P., "Philology to Linguistics: Constructive to Literary Study," *South Central Review* 1 (1984): 131–140

Link, Perry, "Ideology and Theory in the Study of Modern Chinese Literature: An Introduction," *Modern China* 19. 1 (1993.1): 4–6

Malone, Kemp, "Literature and Philology," *The English Journal* 17 (1928): 311–314

Matejka, Ladislav (ed.), *Sound, Sign and Meaning: Quinquagenary of the Prague Linguistic Circle,* Ann Arbor: University of Michigan, 1978

McClelland, Charles E., *State, Society, and University in Germany, 1700–1914,* Cambridge: Cambridge UP, 1980

Merhaut, Boris, "Bibliography of Academician Jaroslav Průšek: 1956–1965," *Archiv Orientální* 34 (1966): 575–586

Merhaut, Boris, "Jaroslav Průšek: Bibliography 1931–1956," *Archiv Orientální* 24 (1956): 347–355

Mukařovský, Jan, *Structure, Sign, and Function,* New Haven: Yale University Press, 1977

Mukařovský, Jan, *The Word and Verbal Art,* New Haven: Yale University Press, 1977

Palát, Augustin, "Jaroslav Průšek Sexagenarian," *Archiv Orientální* 34 (1966): 481–493

Palmer, D. J., *The Rise of English Studies,* Oxford: Oxford University Press, 1965

Passin, Herbert, *Society and Education in Japan,* New York: Teachers

College, Columbia University, 1965

Pittau, Joseph, "Inoue Kowashi and the Meiji Education System," *Monumenta Nipponica,* 20 (1965), pp. 270–282

Potter, Stephen, *The Muse in Chains: A Study in Education,* London: Jonathan Cape, 1937

Průšek, Jaroslav, "Basic Problems of the History of Modern Chinese Literature and C. T. Hsia, A History of Modern Chinese Fiction," *T'oung Pao* 49 (1962): 357–404

Průšek, Jaroslav, *Chinese History and Literature: Collection of Studies,* Dordrecht, Holland: Reidel, 1970

Richards, I. A., *Poetries and Sciences,* New York: Norton and Co., 1972

Richards, I. A., *Practical Criticism,* London: Harcourt Brace & Co., 1929

Richards, I. A., *Principles of Literary Criticism,* London: Routledge, 2001

Russo, John Paul, "I. A. Richards in Retrospect," *Critical Inquiry* 8 (1982): 743–760

Samson, Anne, *F. R. Leavis,* Toronto: Toronto University Press, 1992

Scholes, Robert, *The Rise and Fall of English: Reconstructing English as a Discipline,* New Haven: Yale University Press, 1999

Silberman, Bernard S. and Harootunian, H.D. (eds.), *Japan in Crisis: Essays on Taisho Democracy,* Ann Arbor, Mich.: Center for Japanese Studies, University of Michigan, 1999

Słupski, Zbigniew, "Some Remarks on the First History of Modern Chinese Fiction," *Archiv Orientální* 32 (1964): 139–152

Storer, Richard, *F. R. Leavis,* New York: Routledge, 2009

Striedter, Jurij, *Literary Structure, Evolution, and Value: Russian Formalism and Czech Structuralism Reconsidered,* Cambridge: Mass.: Harvard University Press, 1989

Tillyard, E. M. W., *The Muse Unchained: An Intimate Account of the*

Revolution in English Studies, London: Bowes & Bowes, 1958

Vomáčka, Ivan (trans.), *China: My Sister,* Prague: The Karolinum Press, 2002

Wandor, Michelen, *The Author is not Dead, Merely Somewhere Else: Creative Writing Reconsidered* , Houndmills: Palgrave Macmillan, 2008

Wang, David Der-wei, "A Report on Modern Chinese Literary Studies in the English-Speaking World," *Harvard Asia Quarterly* 9.1 & 2 (2005): 51–56

Warner, Nicholas O., "In Search of Literary Science: The Russian Formalist Tradition," *Pacific Coast Philology* 17.1/2 (1982.11): 69–81

Wellek, René and Warren, Austin, *Theory of Literature,* 3rd ed., New York: Harcourt Brace Jovanovich, Inc., 1959

Wellek, René , "Literary Criticism and Philosophy," *Scrutiny* 5: (1937): 376

Wellek, René , "Literary Theory, Criticism, and History," *The Sewanee Review* 68.1 (1960): 1–19

Wellek, René , "Review on Valuation in Criticism and Other Essays" , *The Modern Language Review* 83.3 (1988): 707–709

Wellek, René , "The Revolt Against Positivism in Recent European Literary Scholarship," *Concepts of Criticism,* pp. 279–280

Wellek, René , *A History of Modern Criticism 1750–1950,* Vol. 5, New Haven: Yale University Press, 1986

Wellek, René , *Concepts of Criticism,* New Haven: Yale University Press, 1963

Widdowson, Peter (ed.), *Rereading English,* London: Methuen, 1982

Widdowson, Peter, *Literature,* London: Routledge, 1999